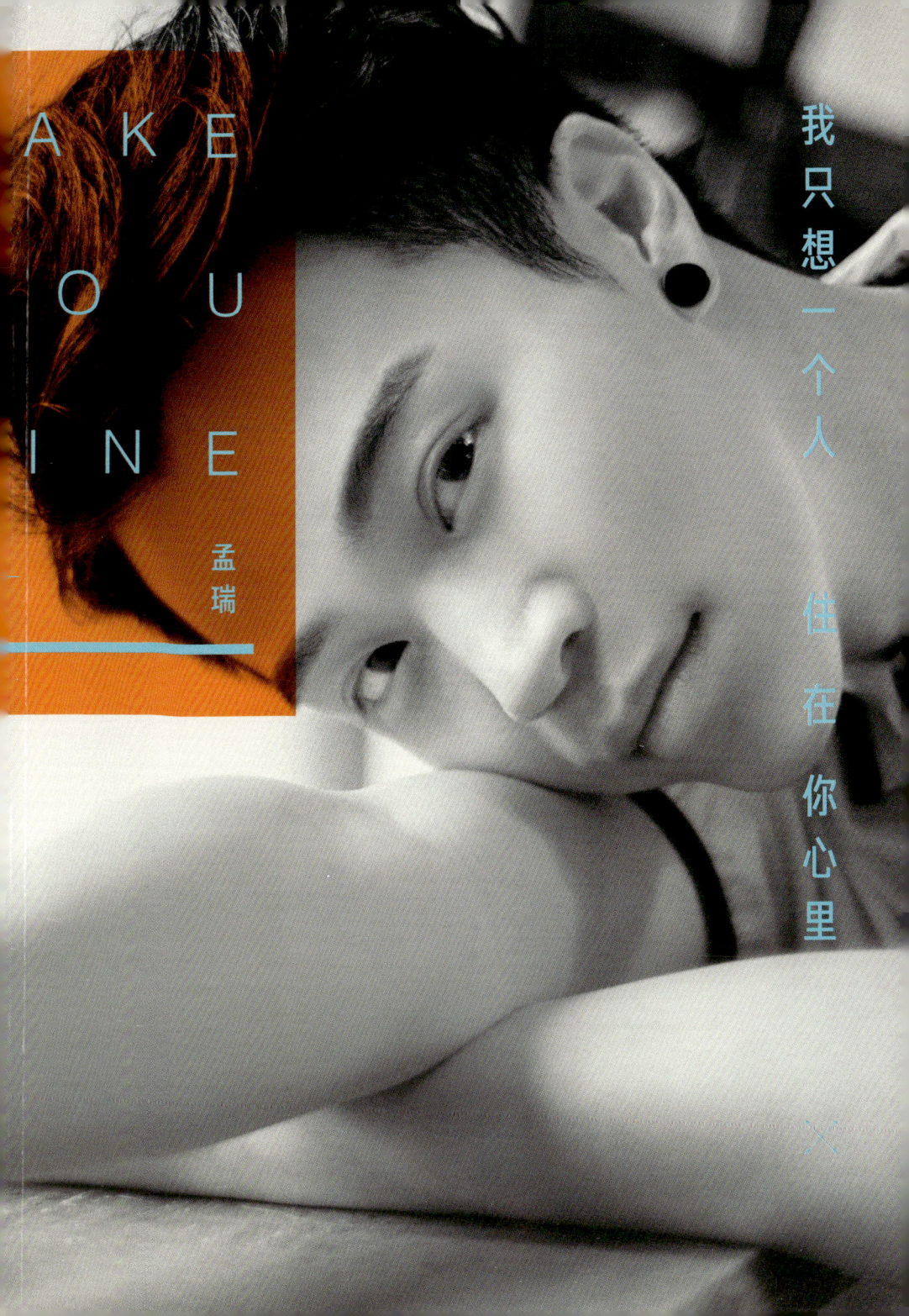

AKE

O

U

INE

E

孟瑞

我只想一个人住在你心里

感谢心里的人，

让世界暖起来。

MAKE
YOU
MINE

我只想一个人住在你心里

孟瑞 著

北京联合出版公司

Make

you

mine

你 将 属 于 我
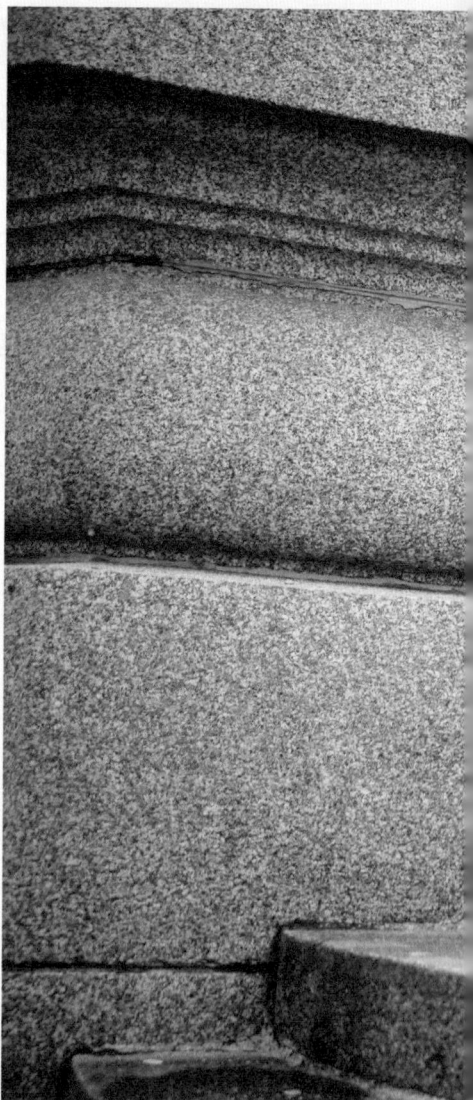

怀着伟大梦想的人，
比接受所有现实的人强大

记得第一次见孟瑞，他灿烂的笑容就给我留下了深刻的印象，而后这位像邻家大男孩的"阳光少年"在和我们一起工作的过程中，因着真挚、诚恳的特质，让我看到了这位年轻帅哥质朴的内心，从他面对周遭人事认真、努力的态度，可以预见其未来发展的高度！

"有梦最美"，但能"筑梦踏实"才是更亮丽的人生。当孟瑞请我为其即将出版的第一本书写序时，我曾问他为何要出书。他回应说："这是我从小的梦想。"就如同希望自己成为顶尖优秀的男演员一样，一路走来孟瑞怀抱着无比的自信，勇敢面对生活中无数的困难及挑战。而最让我感动的是他朝着目标一步一步往前迈进踏实的步伐，这份坚毅的精神应该是孟瑞能成就自己梦想最重要的因素吧！

我一直觉得"真情就是好文章"，也深信有生命的文字具有穿透力，能直达读者的心，语言、文字究竟是苍白抑或是力量，且看说话者、执文者内心世界的真实。孟瑞的书中字里行间均是真情流露，亲切平实，娓娓道来，读起来就像他在我们面前，带着满满的笑意跟我们分享他的生命故事，分享他满腔的热情和满怀的温暖。

乍闻书名《我只想一个人住在你心里》会以为孟瑞的占有欲念太过强烈，但换另一个角度理解，我倒觉得孟瑞想将他的爱常驻在所有喜欢他的朋友心中，也期待所有展书阅读的朋友能借着一则则的故事分享感受到温度，并将这样的温暖分享给更多的人！

谢佳勋

2016年于台北

目 录 contents

我 只 想 一 个 人 住 在 你 心 里

青春
YOUTH

青春是长长的风，
吹散了故事，却吹不动故事里的人。

我 只 想 一 个 人 住 在 你 心 里

梦想
DREAM

世界上存在一个地方，
你一直寻找就会到达，那个地方是梦想。

我 只 想 一 个 人 住 在 你 心 里

想念
MISS

没有人
因为偶然进入我们的生命。

北有麋鹿，
南有暖树

人们往往会用一分钟去认识一个人，
用一个小时去爱上一个人，
最后却要用一辈子去回忆一个人。

Youth

我只想一个人
住在你心里

　　有时我们想执笔写下关于爱情如花的文字，却每一页都是伤痕。是我们对爱情没有安全感吗？但有时脑中的多巴胺就像冰箱里的冰，全部倒出来也无法降低对爱情的热度。

　　每个人都会生活在各自的过去，人们往往会用一分钟去认识一个人，用一个小时去爱上一个人，最后却要用一辈子去回忆一个人。

　　树先生的高中是在重庆上的，"山城"中旖旎的山水冲淡了夏天的烈日炎炎。

　　鹿小姐也在这所学校上高中，他们一个班。当时鹿小姐在班上有"梁咏琪"之称，大大的眼睛会说话一样，短发永远有好闻的洗发水味道，身高一米七二。

　　树先生当时看到她，身体的左心房和右心室就牵手告诉他，爱情来了。鹿小姐学习成绩很好，是班长，长得又漂亮，班上很多男生惦记她。树先生写了一张纸条，请同学帮忙给她传过去：短发的你真好看，你也不知道我是谁，只是跟你说一下。

没多一会儿纸条从前排传了回来：你以为我不知道？字这么丑的没几个。别忘了作业都是我检查。

纯净懵懂的感觉就是如此吧。树先生回想起来，美好的爱情似乎都发生在校园，没有快餐文化，没有一夜情软件，有的只是内心小鹿乱撞的单纯的喜欢。这是他的初恋，每次回想起都觉得特别像狗血的校园偶像剧。但现实中却真实存在。它神圣得不容人触碰，它暧昧得让人想起来都甜蜜。

两人从传纸条到互相写情书，爱情永远都不是一厢情愿，而是互有好感。他们双方都没有捅破那层纸，就这样互相喜欢着。

"你知道吗？现在想起来最让我难忘的就是下课后，我俩会到后门没人的阳台上听歌。那时我有一个卡带机，我们共用一副耳机，一人一只，听同一首歌。一直听到天黑，两人就那么坐着听。"

"当时听的什么歌还记得吗？"我问。

"陈奕迅吧，都是情歌。你呢？你初恋几岁？"树先生反问我。

"十四岁，比你小两岁，可能因为长得比你帅吧。后来呢？你们谈了多久？"我把树先生带回故事。

有一天在阳台上，鹿小姐表情很严肃，没了往日的笑容，脸上写满了烦恼。

"怎么了这是？"树先生关心地问。

"妈妈想把我转去德尚体校，学体育。"

　　树先生愣了一下，这一下脑子里想了很多事情：她为什么要跟我说这个？这么快就结束了吗？我应该说什么？带着这么多不确定的他，脱口而出的竟然是："哦，那个学校挺有名气的，我觉得是好事。并且考大学也容易一些，学体育应该有加分吧。"

　　"还记得你写信给我说咱俩考同一所大学吗？"鹿小姐不舍的语气里带着不确定。

　　"当然记得，那是我们的约定嘛。"树先生的眼睛不敢看她。

　　"你让我去？"鹿小姐追问。

　　"当然要去。咱俩不在一个学校也无所谓，都好好学习……"

　　"别说了。"鹿小姐离开了。

　　"她就这样离开了，然后一年没有联系我。"树先生对我说。

　　"她其实想让你挽留她。"我说出了让他最难受的话。

　　"肯定啊，女孩都是这样，嘴上没说什么，但内心肯定是这样想的。"树先生喝了口红酒。

　　"那你为什么不挽留一下，明知道人家是这个意思。"

　　"因为有责任感。那时候也小，心想千万别耽误人家。当时真是这么想的。"树先生脸微红看着我，眼神真挚。

　　"后来没联系了？"我从他的眼神中相信了他的话。

　　"我有给她写信，请她的一个好朋友交给她。但每封都被退回来了，连看都没看。"树先生讲到这里很失落。

"你怎么知道看都没看？"我又打开了一瓶红酒，给他倒上。

"因为每封我都是粘好的。拿回来都是原封不动的。"

"所以说青春是美好的，一切都那么纯粹。你们在一起听的不是一首歌，是对方的心跳。"我坐在沙发上，树先生坐在地上，两个男人莫名其妙地回忆起了青春。在每个人心的角落里应该都有一首歌，它时而低声吟唱，时而放声高歌。

树先生顺利地考上了大学，听说那年鹿小姐落榜了。他们之间随着信件的退回仿佛中断了所有的联系。但树先生心里一直记着这个短发女孩，记得每天下课后的夕阳西下，记得一起许下的承诺。

家境一般的他上学后便一直忙于赚外快。帅气的他对主持特别感兴趣，大学时加入社团锻炼自己。那个时候有很多饮料品牌会在校园推广。

这天他在校园里做完推广天色已经渐暗了。往宿舍走的路上，他停住了。此刻的他忘了身处何地，心底那条无法泅渡的河被眼前这个亲切熟悉的身影浸过双足。

她就站在他面前，头发长了，脸上依旧挂着甜美的微笑。树先生不知道当时自己什么表情，只知道眼前除了她没有看见其他人。两人迟迟没有讲话。鹿小姐没有食言，她复读一年后考取了这所大学。她没有把话挂在嘴边，而是用行动证明给他看。

"你们当时聊了什么？"我特别好奇。

"彼此问候，交换了电话，她那天也赶时间就没有多聊。"树先生眼眶有点红。

"其实我有点对不起她，因为当时我就已经考到电视台工作了。中间偶尔会发短信，可能时间太久了，两人都有所改变，味道变了。有段时间特流行玩博客，那都是毕业好多年以后的事情了。有一天她突然给我留言，说有人在追求她，她很迷茫，不知道该如何做选择。我点进去那个头像，她没有发过一篇博文，是新注册的。我给她回了：遵从你内心的想法，别耽搁自己，遇到喜欢的就试试看。"

"我晕，渣男。"我用脚踹了他一下。

"不是，你不能阻止别人做任何事。我知道她内心还是想让我说'不要'。但我不能这样做，我没做到怎么办？"树先生说这话时眼睛没有看我，而是盯着酒杯。

"但她是真的喜欢你啊，都多少年了，她都还记得。"

"有一年她又来给我留言，问我要不要兑现承诺，在一起的承诺。我看到这句话，那种感觉就像手中握着碎玻璃，明知会流血却不想撒手。我也喜欢她，但我们都长大了，很多现实问题摆在面前，曾经单纯的承诺支撑不住'我喜欢她'这四个字，你懂吗？可能跟她相比，我变得没那么纯粹了。"

"是，没有谁的心思会永远只放在你身上。如果有人只为你而活着，那不是爱，是纠缠。"

"她对我来说绝对不是纠缠，我隔着屏幕都能听到她心碎的声音。她的这个问题我没有回答，我是不知道该怎么回答，因为我内心不确定了，我徘徊了。"树先生此刻显然否定了自己。

"这是你的初恋，被你自己扼杀掉，就这么不完美地结束了？"

"结局你可能想不到。她给我发了短信：十年了，有些东西，想要还给你。"树先生苦笑着对我说。

"十年了？天哪，你耽误一个姑娘十年。你们睡过吗？"我无耻地问。

"当然没有，大哥，初恋，这么美好的事情！本来我还是不想回这条短信，但我不知道这些东西对她来说是美好的还是痛苦的。我猜一定是当年我们传的纸条，写的情书。我相信她一直都留着。"

"结果是吗？"

"不是，我收到的是头发，她为我留了十年的头发。"树先生说到这句话时哽咽了。

我拍了拍他的背。

一个三十岁的男人在我面前提到初恋哽咽了，让我突然想到一句话：男人永远忘不了的就是初恋。是啊，初恋在每个人心中都像珍稀动物，稀有，珍贵，不想轻易触碰，都藏在内心最深处。

麋鹿又名"四不像"。但它像我们自己，不是吗？我们也变得越来越看不清自己的脸，以灵魂知己的名义过着蹉跎的青春。

他的城

有时候，适合比坚持更重要。
那一瞬间，你终于发现，
那曾以为喜欢过的人，
早在告别的那天，消失在他的城。

也许走过动荡的日子，也许放肆地追过梦，也许穿越过生死，都可以假装若无其事。也许穿过半个城市，只想看你的样子。

金鱼小姐生长在鱼米之乡的南方小城，那里四季如春、风景也很不错。不过，她想去一趟北方，去看一看北方的雪，还有，去见一个人，一个对于她来说重要的人。

"金鱼小姐，好梦！"他发消息过来。

"我马上要见到你啦，好开心！"金鱼小姐想马上回复，告诉他自己正在火车上，明天一早就会到达他的城市。不过她还是按捺住兴奋，发送了一条："你也好梦，晚安。"她并不知道这个男生的名字，只见过彼此的照片。他们是在打游戏的时候认识的，在游戏中他们配合默契，通关无数，是一对厉害的搭档。

现实中的他会是什么样的人呢？会认出自己吗？金鱼小姐忐忑不安起来。

列车一刻不停，驶向北方，他的城。

这是金鱼小姐讲的自己的故事，她对面的果冻先生听得出神。车窗外下着雪，他坐在硬邦邦的座位上听着，很久没有挪动的屁股痛得要死。金鱼小姐侧着脸，盯着与列车擦肩的黑夜。他不怎么看得清她的神情。一周前，金鱼小姐坐了同一趟列车去了北方一个城市。现在，果冻先生坐在她对面陪她南下，更确切地说应该是他去她回。

果冻先生刚失恋，一心想离开北方这个令他伤心的城市，到一个陌生的地方，越远越好。他打包好行李，去超市买了足够的猫粮。女朋友走了，只留下他们共同养的小猫。他把猫交给隔壁那个喜欢抱它的小姑娘，连同猫粮一起。

忘掉一个人，需要离开一座城。

火车站售票窗口前人不多。

"一张车票。"果冻先生敲敲玻璃。

"哪里？"年轻的售票员头也不抬。

"随便，越远越好！"

这时，售票员抬头看了他一眼，她没见过这样的乘客，神情落寞，连自己要去哪里都不知道。不过她又突然理解了，对着电脑一阵敲打。

"南方很美的一个小城，我猜你会喜欢！"她把票从窗口递出来，对果冻先生一笑。

雪还在下。很应景，果冻先生想。火车就在这时候停了。有人吵吵着下去了，又有几个人嚷嚷着上来了。他们旁边又换了一批新的乘客。火车永远不会寂寞，在狭窄的空间里汇集了世上那么多的故事。果冻先生想，有金鱼小姐的故事相伴，路途不会那么孤单了。

金鱼小姐终于到了他的城市。他曾无数次描述过他上下班要经过的一条街——幸福街。那条街的路口有一棵老法桐，树上还有一个好像废弃了的鸟窝，每次经过他都会忍不住看一眼。金鱼小姐笃定地站在幸福街的路口，等待这个很久很久前就想见到的人。

七点一刻，有个穿着风衣的男人一点点向金鱼小姐走近。他微微抬头向树上看了看，然后与她擦肩而过。金鱼小姐一眼就认出了他：高高瘦瘦的，表情安静。还有，他早上出门的时候一定又忘了刮胡子，下巴上有一圈短短的胡茬，金鱼小姐看得很清楚。

不过他没认出她。这个金鱼小姐想见了很久的人和她最近的时候不到一厘米，可谓近在咫尺。金鱼小姐却没有叫住他。她说：不是没勇气，也不是害怕，是……不舍。

不舍？果冻先生摇摇头，这是什么意思呢？你是在赌气吧？气他没有认出你。

金鱼小姐没有停下来解释这个词的真正含义，继续讲下去。她找了他公司附近的一家旅馆，扔下东西就去他工作地方的楼下等他。坐了一天一夜车的她一点也不觉得累，在咖啡馆里消磨了一整天也不觉得无聊。

太阳下山的时候，他从大楼里出来了，如早上一般从金鱼小姐待的咖啡馆的窗前走过。

这次，金鱼小姐决定跟上他。

北方的城市，天气似乎有点干燥。可能要下雪了吧？金鱼小姐想。她裹了裹身上单薄的衣服，跟在他后面。他走进烟店要了一包烟。在这个冬天似乎要下雪的傍晚，金鱼小姐尾随着一个男生，看他从烟店出来。他停下来送一支烟到嘴里，然后点着。

金鱼小姐也停下来。他走，她亦跟着。

前面是一家卖炸鸡的店，里面有诱人的香味飘出来。金鱼小姐多想他走进去，买大大的一桶给自己，然后对她说，原来你就在这里，原来我和你就差一个转身。金鱼小姐终于还是克制住了自己的冲动，眼睁睁地看着他头也不抬地从门口走过去。

好吧，自己本来就讨厌吃油炸食品，金鱼小姐想。

直到他走进幸福街43号的大门，金鱼小姐也没有叫住他。这时，眉心一凉，金鱼小姐抬头发现下雪了，北方的雪。

对面的果冻先生，挪了挪屁股，换了个坐姿。这次他没有打断她，他觉得金鱼小姐慢慢变得可爱了一点。

金鱼小姐决定留下来陪他一个星期。每天早上陪他看看那棵树上的鸟巢，每天傍晚陪他去买一包烟；希望他走进幸福街43号大门的时候能够叫住他，更希望……他能认出她。不错，果冻先生猜对了。

第二天，第三天，第四天……

金鱼小姐的嘴唇一点点开始干裂，衣服一件件加上去，却还是觉得寒意袭人。原来自己还是不习惯北方，原来任何一个决定都是需要付出代价的。

第七天，金鱼小姐决定不再等他。

一大早自己跑去看了那个鸟巢，然后特意跑去买了一大桶炸鸡，最后去烟店买了一包他抽的同样牌子的烟。金鱼小姐不会抽烟，只是点上一支，看着白色的烟雾慢慢飘散，直到渐渐没了焦点。

"在干吗？"金鱼小姐发了条消息给他。

"打游戏。你呢？"他回，"这些天跑哪里去了，手机也不开，游戏也不上。"

他还是问了她。

"去了一个一直想去的地方，去见一个一直想见的人。"

"……"他是这样回的。

金鱼小姐没有解释，这算是跟他告别吧。

然后，金鱼小姐毅然决然去了车站。

金鱼小姐是在车站遇见果冻先生的，那个时候果冻先生正在她前边买票。

"哪里？"售票员问。

"随便，越远越好！"果冻先生答。

从来没见过这样的乘客，神情落寞，连自己要去哪里都不知道。

"北方人真奇怪！"金鱼小姐说。

果冻先生笑着问："你是因为这个原因才非要跟人换座位，坐到我对面的吗？还是你来的时候就坐在这个位子上？"

金鱼小姐没有回答，只是笑着望向窗外。果冻先生把坐得生疼的屁股换了个边，也随着她的目光望出去。

外面天色已经亮了，有炫目的光线射进来。火车一夜无眠，雪停了，列车带着他们向南开去。

有人说，忘掉一个人，需要离开一座城。

爱上一座城，大抵是因为里面住着某个人。

金鱼小姐睡着了。果冻先生在火车票的背面写了一句话：这个城市是个好地方。

有时候，适合比坚持更重要。那一瞬间，你终于发现，那曾以为喜欢过的人，早在告别的那天，消失在他的城。睡醒后即将到来的，悄然发生在她的城。

Youth

我只想一个人
住在你心里

兵荒马乱的青春

这只是一段陪你疯了一场的短暂旅行,
无力强颜欢笑,无力附和,
成就了这一段兵荒马乱的青春。

2007年夏。

栗子小姐爱上了仙人掌先生，这一爱就是四年。

大学注定是一个谈恋爱的好地方，栗子小姐坐在教室第二排打开书本发呆，书本里的符号仿佛都跳出来围绕着她。随着一阵铃声，栗子小姐回过神来，目光望向门口，等待老师进来。门推开的那一瞬间，随着门外的逆光，仙人掌先生进来了。因为很瘦，一米八的他显得特别高，白T恤的胸口位置有一个紫色花环图案，黑色的牛仔裤下面是一双白色篮球鞋。刚打完球的缘故，他湿漉漉的发丝垂在单眼皮的眼角，要命的是嘴角挂着的那一抹微笑。

栗子小姐快要窒息了，她相信了一见钟情，她喜欢他。她想让全世界都知道这件事。

仙人掌先生坐在教室最后一排，成绩并不优异，整日嘻嘻哈哈没个正形。

好像讲台在身后一样，栗子小姐习惯性向后看，每多看一眼，心里就会幸福一些。

仙人掌先生的课桌里会莫名其妙出现一些零食，那是她用自己的零用钱买的。

她熬了整个暑假帮他修改每月都要交的入党申请书。

栗子小姐带上闺蜜，经常和他聚在一起吃饭、聊天，栗子小姐的眼睛从来没有从他身上离开过。一次他只带了二十块钱，一碗粥要十四块。喝完后他说："我还饿。"栗子小姐二话不说，把一个月的零用钱拿出来。铺满了一桌饭菜。

闺蜜经常会说："你喜欢他，为什么不让他知道？单相思有意思吗？"

栗子小姐说："他知道的。我喜欢他的方式就是不去打扰，可能是不自信吧。你知道吗？现在我真的感觉周围都是粉红色的泡泡。"

"神经病。"

时间就像沙漏一样，你觉得一点一点的没什么变化，一年就这么过去了。

仙人掌先生恋爱了，对象不是栗子小姐。

闺蜜一直陪在她身边，生怕她受不了打击。

"我以为我会失控，生气，大哭，但我现在特别平静，好像早知道这一天会来临已经做好了准备一样。这是不够爱吗？"栗子小姐坐在寝室床上望着窗外。

"没事就好，他不值得。走，咱俩逛街去。"闺蜜起身拉她。

"不去了，我在帮他改论文还没改完，明天要交了。还是朋友不是吗？我说过我喜欢他就不会去打扰他。"说着眼神从窗外收回到桌上。

两年过后，仙人掌先生课桌里的零食没有变化，变化的是他交了第二个女朋友，对象依然不是栗子小姐。

"你知道他又交女友了吗？你知道她是播音系的系花吗？你知道她和咱们班一米八以上的男生都谈过恋爱吗？幸亏你没和他好，什么人都谈，太渣了。"闺蜜在食堂特别生气地对栗子小姐讲。对面的栗子小姐默默地听着，嘴里的食物没有停止咀嚼，但眼角的泪却不争气地流了下来，顺着鼻子滑到嘴角掺进分不清什么味道的食物。栗子小姐从粗喘到哽咽，终于控制不住大哭起来。快两年了，她喜欢他全世界都知道了，他真的看不见吗？他看不见自己的鞋子永远被刷得很干净，看不见自己的论文都改好了，看不见那八篇论文一样长短的入党申请书，看不见课桌里怕他饿肚子永远都有的零食吗？

他看见她哭了，此刻他就在食堂门口。

班上的同学围成一团安慰栗子小姐。闺蜜跑过去和他聊了几句。

"我不知道你喜欢他什么，他哪儿好？每天和我们在一起从来不花钱，到处占便宜，你醒醒行吗？"闺蜜坐在床边把栗子小姐搂在怀里。

"我一直都觉得他会来向我表白，我一直在等。三年了，我累了。他喜欢谁跟我没关系了，只要他开心就好。"

大学老师没有骗我们的一句话是：四年真的很短。

一群陌生人，变成一群舍不得的人。有哭泣，有打闹，有生气，有大笑。我们总是会爱上一个不会陪自己一辈子的人，就像坐旋转木马追逐着却有永恒的距离。

"一、二、三、茄子！"随着快门咔嚓一声，毕业照照完了。戴着学士帽的栗子小姐毕业了。四年就这样结束了。大家都在合照自拍、拥抱叮嘱的时候，栗子小姐回到了空无一人的教室。他坐在第二排，望向门口；他站在那里，穿着白色T恤，微笑着看着她。她湿润的眼睛越来越模糊，他消失了。一切都将静谧的校园，装点成令人心醉的茫然。爱一个不爱你的人，就像抱着一个仙人掌，抱得越紧，你越疼。

栗子小姐走到教室最后一排，坐在了他的位置上。课桌里已经没有零食了。她趴在桌上看着第二排。"他会这样看我吗？"自己想完就笑了。低头起身的时候，发现桌上刻了一句话：下一个夏天，教室里又坐满了人，可惜不再是你我。

栗子小姐用手摸着这行字，随手捡起地上的圆规，刻下：可能我只是个过客，但你不会遇到第二个我。

毕业后栗子小姐和闺蜜都去了北京工作。闺蜜找了一个北京男朋友，沉醉于满口京腔的闺蜜，觉得一刻都不能跟男朋友分开。栗子小姐在一家公关公司上班，过着朝九晚五平淡无奇的生活。两人周末会约在三里屯喝个咖啡，姐妹之间有聊不完的八卦和心事。

"亲爱的，我下周要结婚了。"闺蜜一脸兴奋地说。

"这么快？怎么不早告诉我啊。婚纱选好了吗？酒店订好了吗？去哪儿度蜜月？"吃惊的栗子小姐一直追问。

"哪儿快？我们在一起两年了。那些我全部不管，都是我老公负责。我只需要漂亮就好了。"闺蜜笑着，幸福地昂起头。

"你还记得他吗？"停顿了一下，闺蜜试探地问。

"怎么了？"栗子小姐一脸的平淡。

"我觉得还是跟你说一下比较好。我去年见到他了，他来北京工作了。我开车去机场接的他。"

"哦，你们还有联系啊，挺好的。他还好吗？结婚了吧？"

"他带了一个朋友一起来的北京，跟我介绍说那是他男朋友。"闺蜜眼睛一直盯着栗子小姐。

"男朋友？他，他不是在大学交过两个女朋友吗？"栗子小姐吃惊到嘴都合不上了。

"那些女生分手后都说他是一个特别绅士的男生，很会照顾人，从来没有碰过她们。"

故事层层叠叠，回忆周而复始

栗子小姐握着手中的咖啡，拿到嘴边又放下，心里五味杂陈。这四年她都在干吗？无数个夜晚枕边的眼泪，无数堂课上脑子的放空；怕冷的她，却迷上了雪。仙人掌的刺固然多，但剖开内心是柔软的。他没有看不见她的爱，没有欺骗她，只是不想她受伤害。

栗子小姐释然了，至少她曾经很喜欢他。

婚礼现场布置得非常浪漫，粉色气球围绕着一对新人的照片，照片上两个人的笑容羡煞旁人。

栗子小姐一身红色套装，头发特意做了卷，涂上她很少涂的红色口红，脚上穿着大学时一直想拥有但没有钱买的名牌高跟鞋。

舞台上新郎搂着闺蜜在倒香槟塔，她嘴角泛起了祝福的笑容。

"今天好漂亮。"

栗子小姐回过头，没错，这是她再熟悉不过的声音。面前的他还是干净清爽的模样。当年的白T恤变成了白衬衫，一条黑色西裤把腿拉得修长，迷人的单眼皮下依然挂着那抹微笑。

"你来了？"栗子小姐打完招呼发现了站在旁边的帅哥，礼貌性地点了下头。

"她都跟你说了吧？能再看见你我挺高兴的，谢谢你。"仙人掌先生说完这句话，目光从栗子小姐脸上移开，看向了舞台，又淡淡地说："你知道那种喜欢到不行的感觉吗？我对他就是。"

"我当然知道，只不过再也不敢有了。"

　　故事层层叠叠，回忆周而复始。有时候我们像走进了迷宫，自己在里面兜兜转转，没有出口。这只是一段陪你疯了一场的短暂旅行，无力强颜欢笑，无力附和，成就了这一段兵荒马乱的青春。

爱一个不爱你的人
就像抱着一个仙人掌
抱の越紧　你越疼

呀！兔子

"咦……本命年哦！"兔子小姐瞧着我的身份证，推一杯奶茶给我，"送你的！"

我接过来谢她。

珍珠奶茶，来这座城市的第一份礼物。我捧在手心里，小心地一口口喝完。外面是刚落的一场大雪，覆盖了整座城市；还是阴沉的天色，有些冷。我跺着脚站在这家旅店的柜台前办理入住手续。或许是因为屋外的大雪掩盖了这座城市的破败，又或许是因为在这个冬日里兔子小姐推过来的那杯奶茶，我竟然对这座陌生的城市有了亲切感。

她把身份证还我，做了个OK的手势。我再一次谢谢她，然后转身。

"呀！"她叫住我，"钥匙拿着，从这儿上去，204！"

"不好意思！"我用笑来掩饰尴尬。

好吧，我承认，第一次见她我多少有些慌乱。

这是家破旧的旅店，兔子小姐的朋友开的，她只是过来帮忙。我呢，因为暂时找不到合适的住处，只能先住在这里。工作是之前联系好的，虽然不是很有前途的那种，但还算清闲。这样说并不是我不求上进，人必须有自己的时间，我不过十分看重这点罢了。听听音乐、看看书又或者写点文字，都是我的癖好，人不能把时间都花在工作上。

在这家旅店住着，我并不着急找房子的事。合适的住处总是能找到，我这样安慰自己。就这样，天开始转晴，雪开始融化，我也忙碌起来。房子也还是在找，是没有合适的呢，还是自己根本没打算这么快搬走，又或是这两点都有。

日子是一天天过去的。有次我下班回来见兔子小姐在门口逗弄一只猫，身上只套了件单薄的外衣。兔子在逗猫，我忍不住笑了笑。远远地兔子小姐望见我，笑着问我好，像朵荡在寒风中娇艳的花。

"你不冷吗！"我不确定自己的语气里惊讶和心疼哪个更多一些。

"你不热吗！"兔子小姐望着站在她面前裹得像个粽子似的我反问，接着看了下四周，然后表情做恍然大悟状，"呀，现在是冬天啊，我是不是穿得太少了！"

我觉得又好气又好笑，只得很无奈地耸耸肩。

"呀，笨蛋，逗你玩呢。屋里暖气开得太足，我出来透透气……哈哈……"她怀里揽着那只猫，笑得无所顾忌。

"你口头禅是'呀'？"

"呀，我又说了吗？告诉自己改的，哈哈。"她真的特别爱笑。

那只猫似乎是抬头看了她一眼，它肯定也觉得兔子小姐笑得好傻，使劲挣扎着想从她怀里逃出去，试图离她远一点儿。兔子小姐才不肯，两只手使劲把它抱住。我想，猫儿肯定恨透她了，就像刚刚被她摆了一道的我一样，只是我的恨意里隐隐藏着那么一丝开心。

兔子笑着转到柜台，如我第一次见她一样推一杯奶茶给我：

"送你的，以后就喝不到了哦！明天，我的朋友就回来了，以后这里就不需要我了。"兔子小姐的语气调皮、抑扬顿挫，每个字都像一个音符，伴着外面渐融渐少的残雪，一点点消失在这个就要结束的冬天。

我把那杯烫手的奶茶捧在手里，一样的香味，然后一口口很不舍地喝着。

他就是在这个时候出现的，那个高高的、清瘦的男子。

傍晚的光线还算充足，他的脸棱角分明，很帅气，天衣无缝地配合着他的身高。

他就这样出现在门口，小臂上搭着兔子小姐的冬衣，笑容温暖地望着她。

我用眼睛的余光觉察到兔子神情的变化。她望着他，眉毛收紧，随着眼角向幸福的角度扬去；鼻翼翕动，和着被兴奋侵略的呼吸……

我坐在他们中间，手捧空空的杯子，觉得此时此刻的自己无比多余。

他注意到我的尴尬，微笑着对我点点头，算是打招呼。然后转向兔子小姐："南华打电话说让我过来接你，她今晚就到，你把账目放在柜台上就可以走了。"然后他停住，打量了她一下，"怎么又穿这么少!"

话语里夹杂着责备，责备里透露着心疼。

错不了的，标准的男中音，不低沉又不尖刻，像极了这冬日里的暖阳；不昏暗无光又不毒辣炙热，无时不透出一股温暖。

兔子小姐靠过去，他疼爱地摸了摸她的头。

柜台这边只剩我和猫咪，它望着我，对我说"喵"，我把食指放到嘴边示意它安静。

好吧，我也该搬离了，总住旅馆也不是办法。那天晚上我在网上搜到一处老房子，地址在好梦街。

好梦街，我很喜欢这个名字。

命运，琢磨不透的两个字。那么好吧，命运，请你告诉我：是你对我开了个大大的玩笑，还是你本该如此？

第二天，当我敲开那栋自己心仪的房子的门时，出现的竟然是兔子小姐。就在昨天，我还以为我们再也不会相见。命运，如果不是命运，我真的找不到更好的解释。

"呀？原来要租房子的是你？！"兔子小姐一脸惊讶，"你是要留在这座城市的呀，我一直以为……我一直以为你是出差……也没听

去过很多城市
走过很多地方
最后发现还是有你
的城市最温暖

你怎么说起过……"

"不好意思……因为最近都比较忙，也没怎么和你聊起过……那个……"

"那个……"兔子小姐接过我的话，"先进来看看吧。因为合租嘛，我本来还对租房的人不放心呢，这下可好了……"

我跟着她走进去，一眼就看见昨天那只猫，纯白的颜色很好认。我将它抱起来，它不挣扎也不反抗，就好像我们是老朋友。

"咦……"兔子小姐惊叹，"我们家丢丢一般是不让外人碰的。"

原来，昨天和我一起被冷落的那只猫叫丢丢。

这是一套三室一厅的老房子，虽然家具陈设都很陈旧，但整洁干净，而且光线很好。兔子小姐要出租的那间刚好窗子朝东，一大早就能晒到太阳。她说自己喜欢赖床，不喜欢总被太阳叫醒，所以选了窗子朝西的那间来住。三间卧室，她住一间，杂物占去一间，还有一间是兔子小姐打算出租的，反正父母都在国外，自家又没有什么亲戚朋友来住，空着也是空着。而且这么大的空间，她一个人也会怕，倒不如找个人来做伴，顺带还能挣些外快。

我停在客厅里环顾了一周，然后问："明天，我能搬过来吗？"

她把丢丢抱在怀里，笑着对我说："我和丢丢随时欢迎你！"

看在之前还算认识的分上，兔子小姐免了我的水费和电费，但我必须负责猫粮。

"没办法，我常常忘记买猫粮这件事儿，所以就拜托你了。"她一脸的无辜。

不得不说，丢丢能活到现在，不大不小也算个奇迹。

唉！不过话说回来，我倒是心甘情愿为它买猫粮。

"呀？你男朋友呢？"我假装很轻松的样子问。

"呀，学我说话。你说昨天那个？你俩问了同样的问题。那是我哥。他昨天也问你是不是我男朋友。"兔子小姐漫不经心地整理着沙发上的杂物。

"那你怎么回答的？说我是你哥？"我故意逗她。

"呀，你这人怎么这么爱占别人便宜。"兔子小姐翻了我一个白眼。我看着她笑了。

我不知道是好久没有恋爱还是她太可爱，只是觉得接下来我会在这个房子里过得很舒服，会有一份特别好的工作和一份特别甜蜜的感情。

一座城市再怎么喧闹，没喜欢的人，便是空城。一个角落再怎么陌生，有喜欢的人，便是个家。

此刻我只是想说：呀，兔子小姐，我喜欢你。

北城凉筑

这是向天堂行进的第三十年，
我站在秋日正午的阳光里，
虽然脚下的村庄淋透了十月的鲜血。
呵，愿我心中的真理，
仍在这转变之年的高山之巅被人颂扬。

Youth

我 只 想 一 个 人
住 在 你 心 里

　　北城先生真是好久不写文章了，一方面是因为工作，最近加班实在厉害，但更主要的还是懒得动笔，懒得动脑子。烦心事一点点在心里堆积，基本把思路堵塞了。闲下来的时候想着去疏通一下，却多半不见成效，于是荒草丛生。

　　在荒草丛生的日子里，凉子小姐打电话过来问："哥，你还活着不？"北城先生说："还活着。"于是，凉子小姐理所当然地把他骂了一通，把她所能想到的全部词语都用上了。北城先生把手机贴在耳朵上，对着电视看一档很无聊的综艺节目，装作不理她，甚至连"嗯""啊""是吗"这类敷衍的词语都省略掉了。凉子小姐急了，又问："哥，你还活着不？"北城先生说："还活着。"于是，凉子小姐气急败坏地"啪"一声挂掉了电话。当然，凉子小姐用的是手机，挂电话的时候不可能真的会发出"啪"的一声，但她是凉子，修辞手法用得再夸张都不过分。后来，北城先生又贱贱地打过去哄她，凉子小姐也真是有骨气，愣是不接电话。连打了两遍后北城先生就放弃了，不久就收到凉子小姐的短信：你去死吧！后面加了五个叹号。嗯，永远不要得罪女人，她们是你永远都搞不懂的。

不过，五个叹号也没能把荒草清除掉，日子还是一如既往地滑过去了。北城先生想着凉子小姐下次再打电话来的时候自己态度要好一点儿；想着凉子小姐要是更新微博自己一定要第一时间跑过去留言。她要是说：唉，又胖了！他就在下面写：不胖啊，现在还是照样能气死模特，要是再胖一点点的话，一定会更漂亮的。她要是写：哇，衣服好漂亮，好想要！他就回：买呀，买呀，钱不够的话给我打电话。她要是玩消失，好久都不再打电话，自己就主动拨过去，东拉西扯地表示一下关心……

想着想着北城先生就睡着了，醒来的时候才发现就像每次睡不着要数羊一样，至于到底数了多少只，鬼才知道。凉子小朋友要是知道这些肯定又会生气，照样会气鼓鼓地说："你去死吧……吧……吧……"然后，北城先生就会觉得生活真是有意思，还会贱兮兮地打电话给冬瓜，跟他说："凉子又被我气到了哎。"北城先生还会和冬瓜在电话里乱扯一通，扯他的科研项目，扯自己的破工作，扯这个终日看不见天的城市。

你看，北城先生是多无聊的一个人啊。但是还好，生活里有凉子，

生活，一半是回忆，一半是继续

有冬瓜，还有活在另一个世界里的北海。北城先生想：北海这个家伙还真是过分，走了这么久也不想我们。真是不知道你在顾忌什么，要是真的想我们了，我是说真的，就来看看我们。我想你要是半夜飘进我的房里，我是不会害怕的，我们都那么熟了。但是你要想见凉子，一定要先告诉我，我会早早地过去陪她。你也知道，小妮子天生胆小，有可能会随手拿起什么和你动手，到时候可别怪我没提醒你。

凉子小姐真是生了好久的气，前两天才打电话给北城先生，嘻嘻哈哈地说她那个城市里的花全开了，还发了一张照片给北城先生。照片中她站在一片花的海洋里笑得春光明媚，有那么一瞬间真的模糊了她和花的界限。然后北城先生惊讶地发现季节已经跳进了春天里。北海离开这个世界已有半年了。凉子同学在南方那个终年不见冰雪的家里活蹦乱跳地过完了春节就没回来，而且可能再也不会回来了。

所以四月，在这个沙暴和雾霾双重进攻的古老城市里，只有北城先生和冬瓜在跟生活抗争。他每次去见冬瓜都要堵四个小时的车，凉子每次给他打电话，电波都要穿过大半个中国，但是他们和北海却隔着整个世界。

凉子突然就有男朋友了，这是多么令人伤心的一件事啊。她竟然还乐呵呵地打电话过来宣布这件事，他们简直不能接受。北城先生和冬瓜看到那家伙的照片时恨得牙都咬碎了，而且一致觉得那小子根本配不上她。但是谁能配得上她呢？这真是一个好大的课题，日后应该交给冬瓜去研究。但是他们又觉得只要凉子小姐开心，就算她宣布自己是同性恋他们也会支持的，所以暂且放过那小子吧。

今天是清明节，下雨了，天有点儿凉。北城先生又套上了刚刚脱掉的羽绒外套，加了一天班，脑袋昏昏沉沉的，心情不好。刚才给凉子打电话，关机。她肯定又忘记了给手机充电，北城先生用脚趾头都能猜到。还有，今天他和冬瓜都没有去祭拜北海。凉子自然是来不了的，冬瓜一如既往地忙，他也还是选择了加班，好像一直忙着才不会感到害怕。有时候北城先生也不知道自己到底在恐惧什么，想破脑壳也想不出答案。那么亲爱的凉子同学是不是也常常这样呢？

不过，今天唯一开心的事就是收到了凉子小姐的礼物，而且还是那么一大堆，鬼知道她是从什么地方扒拉出他的地址的。等北城先生回来的时候，房东老太太的嘴都要噘到天上去了，跟他抱怨说快递员一定要自己签字。

"我哪里会写字啊，"可怜的老太婆把脸涨得通红，跟北城先生诉苦，"我问他按手印行不行，你知道那个送快递的小伙子什么表情，简直是……他简直在拿看外星人的眼光打量我。"

是不是很好笑，可爱的不会写字的老太太竟然知道外星人。

"真不知道是巧了，还是故意的，大清明节的送东西，真是要死了。"老太太抱怨说。

你就是故意的吧？凉子。好吧，看在这么一大堆东西的分儿上原谅你好了。北城先生心里开心地想。

现在外面还在下雨，北城先生在拆礼物，上面还有一张凉子小姐留的字条：哥，一定要努力给我找个嫂子，等到那一天，你带着嫂子，冬瓜领着他媳妇，我呢，当然和男朋友一块儿，我们一起再去好好祭拜北海。

还记得那首诗吧，北海念给我们的，英国诗人狄兰·托马斯的作品：

这是向天堂行进的第三十年，
我站在秋日正午的阳光里，
虽然脚下的村庄淋透了十月的鲜血。
呵，愿我心中的真理，
仍在这转变之年的高山之巅被人颂扬。

在一座没有体温的城市邂逅三两好友，带着你我心中的梦想和从未停歇的脚步。这本就是一首美妙的诗，这首诗，送给你、冬瓜和北海，还有我们一起在这个冰凉的城市里炽热的青春年少。

心岛未晴

每个人心中都有一座岛，
岛上会发生很多事。
发生开心的事，岛上一天都是晴天；
发生不开心的事，岛上一天都布满乌云。

每个人心中都有一座岛，岛上会发生很多事。发生开心的事，岛上一天都是晴天；发生不开心的事，岛上一天都布满乌云。但这个岛也有阴晴不定的时候，那就是这个人的心左右摇摆、琢磨不定的时候。

维生素小姐在广场上等他的时候没有任何不耐烦，她摆弄着自己的包，包里有一个自己亲手打了包装的礼物。

北方的天气寒意来得都很早，路灯像萤火虫一样发出微弱的光，一两个骑着单车从她身边路过的人也显得很匆忙。维生素小姐突然发现下雪了，零落的雪花小心翼翼地从天空撒下来，落在脚下，不一会儿地上便积了一层雪。

维生素小姐已经站了二十分钟，她看了眼手机上的时间，显示是九点十分，还有十分钟他才能下自习，从他们学校走过来大概需要十分钟。正当她想着要不要找个地方坐一会儿时，有人揽住了她的腰，维生素小姐吓了一跳，马上回头看。一个低沉磁性的声音："没变啊，还是不怕冷。"

　　这个少年已经高出了维生素小姐一头，穿着宽大的校服吊儿郎当地歪着头看着她，眼睛在夜色里显得特别明亮。维生素小姐发现了少年眼中炽热的光，她躲开了他的眼光，下意识地拿出手机看了一眼，九点二十。

　　"你怎么这么早？逃课？"维生素小姐皱着眉。

　　他嬉皮笑脸地看着她："我在你心中就是这样的人啊！老师临时有事，让我们早点回家。"

　　"现在的老师怎么这样？我们当时上高三的时候，老师们恨不得让我们住在学校。"

　　他显得有点不耐烦："你不冷啊？咱找个地方坐着聊行吗？"说完他将手插进口袋朝前走去。维生素小姐愣了一下，跟在后面，这一瞬间她突然觉得他长大了，不是她记忆中的少年了，是个男人了。

　　维生素小姐想到第一次见他时，他瘦瘦小小的，和自己差一头，现在比自己高一头。

　　那时妈妈还在，笑呵呵地给她介绍："这是妈妈同事的儿子东东，你阿姨工作忙，所以以后东东放学后都会到咱家来，你当姐姐的要好好照顾弟弟。"她当时正在看《仙剑奇侠传》，没工夫搭理这个妈妈同事家的弟弟，随便应付妈妈几声，便继续沉迷在武侠世界里。他那个时候也不出声，坐在沙发上拿出本书安安静静地看着。

　　记得有年夏天，维生素小姐依旧沉迷武侠世界，整天嚷着要和江湖上的武林高手对决。每当听到她的鬼吼，东先生总是一脸嫌弃加内心大白眼，他一点都不想搭理这个比她大三岁但双商为负数的姐姐。终于有一个武林高手对决的机会降临在维生素小姐身上了。她的学校举办了排球大赛，但凡这种赛事维生素小姐一定会参加的，并且担当主力。为了保住自己的气势，她拉来了东先生给自己加油打气。东先生碍于情面不得不去，但一脸不高兴。十几个女生在一起必然会出事情，那场球赛维生素小姐的班级赢了，对方很不服气，几个人把维生素小姐和另外一个女生堵在球场角落里要说一说理。在看了那么多武侠片以为自己很厉害的维生素小姐撸起袖子的那一刻，同班的女生趁乱溜走了。几个人开始推搡她，抱起头的她恍惚听到有男生喊："老师来了！"周围的人很快不见了，维生素小姐猛然抬头。

"你被打傻了？"东先生皱了皱眉。

"她们人呢？"维生素小姐一脸凶光。

东先生看着满身是伤的她："早跑了，不然等着被老师抓啊？"维生素小姐摸了摸脸上的伤笑着说："这群小婊子，下手挺狠啊！"说着捅了捅东先生："你小子很机灵啊，不过敢告诉我妈你就死定了。"

那年夏天的夕阳余晖打在她带着伤的脸上，她笑着。也许是因为余晖太温柔，东先生产生了一种错觉，这一刻他突然觉得自己面前这个傻呵呵的姑娘有一股自己说不清楚的美。

也就是那年夏天，维生素小姐的妈妈去世了。东先生和妈妈来到灵堂，那个平时招摇的小姑娘突然一下子蔫了，要哭不哭地跪在垫子上。东先生靠到她身边的时候，她转过头给他挤出一个笑脸。当时东先生很想把她揽过来抱一抱给她勇气，但最后还是放弃了这个念头，只是伸手握住了她颤抖的手。始料未及，维生素小姐扑倒在东先生怀中哭了起来："东东，我没有妈妈了。"东先生手足无措地望着怀中这个正在放声大哭的少女。从那以后很少能看到维生素小姐的情绪了，原本爽朗的少女一下子变得沉默寡言，完全封闭了自己，看着让人有些心疼。

地上的雪铺了厚厚一层，踩在地上吱吱作响。

维生素小姐突然伸手给了他后脑勺一巴掌："臭小子，你怎么都不叫我姐姐了？"

东先生转过头，满脸无奈："你啥时候有过姐姐样儿？"

"我啥时候没有了？别忘了从小你可是跟着我混的。"

"是看你被人揍然后帮你解围吗？你哪有姐姐样儿？从小都是我在照顾你。"

维生素小姐略显尴尬，别过头不理他。东先生看着她那样好好笑，很久都没看见她这样了。

"你男朋友呢？"东先生歪着头看她。

"我有很多男朋友，你说哪个？"

东先生用手揉了揉她的头："就你这样，还能有很多男朋友？有一个你都烧高香吧？"

维生素小姐打开他的手："小孩子懂个屁，我这叫魅力，现在都流行我这样的。"

东先生笑了笑。维生素小姐踮起脚搂住了他的肩膀："臭小子，行啊，长大了啊。来告诉姐姐你喜欢啥样的姑娘？"

东先生有点慌张，挣脱她的胳膊："什么啥样的姑娘，我都不喜欢。"

维生素小姐坏笑："哟，跟姐姐还不说实话。没有喜欢的姑娘？那有喜欢的小伙？害羞什么？"

东先生心里的火噌噌地往外冒："我说了没有就是没有，男的女的都没有，还有你压根就不是我姐，少在那儿倚老卖老。"

维生素小姐脸上的笑容僵住了，想了半天开口道："不是你姐？那我爸和你妈算怎么回事呢？"

"就因为这个，所以你两年不回家？"东先生咬牙切齿。

"不回家是因为忙。"她转过脸。

"忙什么啊？忙着不要家里的钱自己打工？"

维生素小姐望了望他那张能迷倒很多小姑娘的脸："你还小，不懂。"

"小？哪儿小？我啥不懂？在农村都能当爸了。"

"那也还是小孩一个。"她轻笑。

东先生静静地看着她："不懂的人是你。"

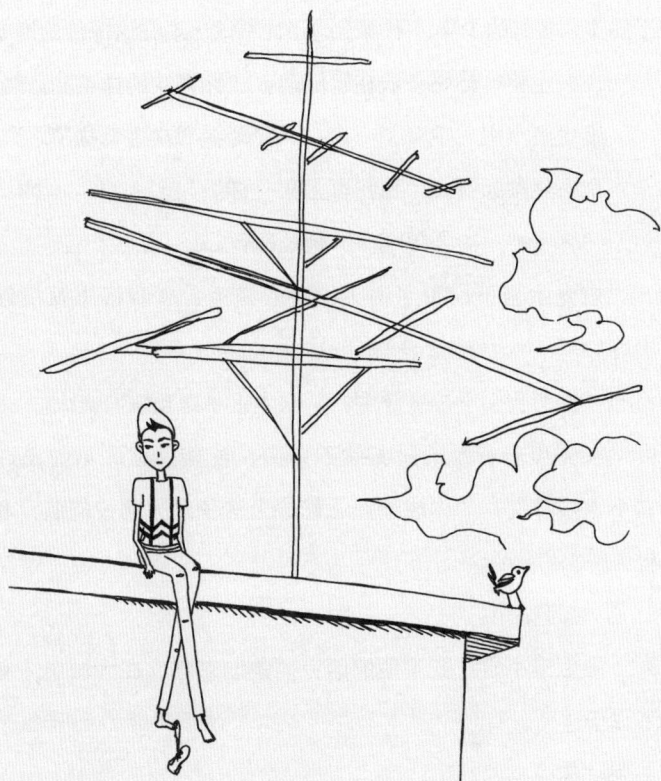

距离不是难题

心心距离才是利器

维生素小姐没有说话，两人一前一后地走进了一家奶茶店。她看着简陋脏乱的店铺，又望了望端着廉价奶茶走过来的风度翩翩的少年，摇了摇头。多好的少年，不属于这儿，不该出现在这廉价的地方。

东先生将一杯奶茶放在她面前："你喜欢的抹茶味。"

维生素小姐"哦"了一声："我现在喜欢香草味了。"

东先生站起身："那我再去买一杯。"

"算了吧，凑合喝吧。"她拉住他。

东先生坐下，下了很大的决心说道："我报志愿报你们学校好不好？"

"你考我们学校做什么？"维生素小姐反应有点大。

东先生看着她的脸突然不知道该说些什么。见他没说话，维生素小姐接着说："你成绩那么好，上清华北大都没问题，我们那破学校……"

"那我……"

维生素小姐打断了他的话："去北京吧，在大城市才有出息，你不属于这儿。"

"你说真的？"

她突然把头靠在他肩膀上："东东，我们是两个世界的人，等你上了大学之后就会发现原来世界如此广阔，你会遇到配得上你的姑娘，这才是你要走的路。我大概就只能窝在这个三线小城市里，过一辈子这样的生活。"

东先生突然气炸了："每个人都在规划我的未来，可有没有人问过我，那个未来是不是我想要的。"

"你还真是不知足，那你想要什么？让我猜猜看，年轻冲动的荷尔蒙，还是你自己的一厢情愿？你能别这么天真吗？现在谁还相信这些，现实点儿吧，现在的人都看钱。"维生素小姐冷笑道。

"你也是吗？"

"你觉得呢？"还没等东先生开口她就眨了眨眼睛，"其实你已经有了答案不是吗？"东先生不知道该说什么好，半天才挤出一句话："你现在怎么变成这样了？"

维生素小姐并没有生气："其实我本来就是这样啊，只不过你一直不知道，是你心里把我想成了另外一个人。可能你心里想的这个人压根儿就不存在于这个世界上。"

东先生有些泄气，他觉得自己像一个聚光灯下的小丑，坐在自己对面这个看似傻傻的姑娘早就看穿了自己的把戏。但她不说，只是在旁边看着自己出丑，然后在自己怀有希望的时候再朝自己心脏刺上一刀。他想马上离开这里，但他忍住了。他扭头看到她望着窗外的雪，眼神迷茫，像几年前趴在自己怀里哭泣的小姑娘。

"雪越下越大了，你赶紧回家吧，一会儿阿姨该担心了。这么大的雪你就穿这么点儿。"

东先生动也不动地望着她："你是不是真的忘记了？"

"什么啊？"维生素小姐眨了眨眼睛。

也许你笑了，他动心了

"今天是我生日。"

维生素小姐在包里翻了一下，拿出一个包装精美的礼物盒递给东先生："当然没忘，做姐姐的连弟弟生日都记不住怎么能行？"

东先生失望地接过她的东西："你还是忘了。"

维生素小姐笑了："臭小子，礼物你都收了，还想怎么着？什么时候能长大？"

"我会让你知道什么叫长大。"说完拿起包转身离开了。

两年前，东先生来学校找她，那时候是维生素小姐人生最黯淡的时候，这个阳光的少年不远千里偷偷跑来看她。那段时间他俩很快乐，不在乎姐弟身份，不在乎别人眼光，只做自己。妈妈离开后，爸爸再婚给她带来的伤痛也被这个少年带来的温暖所冲淡。他离开前一夜，两人喝得大醉，做了一个约定：等他十八岁的时候他们就在一起。在这两年漫长的岁月里，维生素小姐不知道他是不是还记得，但她一直记得。无数个夜晚都因为这个约定而辗转反侧，她真的想和他在一起。

所以她回来了，赶在他生日当天回来，就想知道一个答案。下午前她还很期待他们这场见面，她可以为了他放弃自己心中的恨意。

但她忘了现实，现实是残酷的，成长的必修课就是学会面对生活里的失望和残酷。

今天下午，她回了趟家。父亲不在，东先生的妈妈招待了她。

寒暄过后，东先生的妈妈进入了正题："阿姨对不起你，也对不起你妈妈，我知道你是个好孩子，你爸爸在外边有外遇已经半年多了，东东还不知道这事。我现在想通了，其他都不管，我只希望东东能好，下半辈子我还指望他呢。你们姐弟关系一直很好，你劝劝他，他的成绩考清华是完全没有问题的。你们都还小，什么都不懂，等以后明白了，都会后悔的。"

维生素小姐不知道该说些什么，阿姨口中的好孩子，就该放弃自己的幸福来成全别人吗？她爸爸的错要她来还？爸爸欠人家的，可能就要父债子还吧。

维生素小姐收回思绪，窗外还下着雪。她又从包里拿出一个礼物盒，是她自己亲手包装的，早就买好的，这才是她本打算送给东先生的礼物，现在看起来也不需要了吧。

为什么自己那么累？该怎么做？能怎么做？她把礼物放在桌上，转身离开。出了奶茶店她拉紧衣服，迎着雪花前行，天气都配合她的心情。

"礼物不要了？"后面传来了熟悉的声音。维生素小姐转过头，雪花并没有挡住她心里的视线，前方模糊的人伫立在雪中，手里拿着她刚扔在桌上的礼物。他走到自己面前："长大了的意思就是我可以看到你内心的想法了，我可以照顾你了。"

"你……"没等她说完，东先生一个吻牢牢地贴在她的嘴上。她脑中一片空白，只是顺从地闭上眼睛。她忘了思考，也不想思考，这一刻她等太久了，只是本能地抱住他，闻着他身上的味道。他微冷的舌滑入她的口中，贪婪地攫取着属于她的气息，用力地探索着每一个角落。这一瞬间的悸动，让他们忘记了周围的一切。

良久，嘴唇分开，两个人呼吸都有些急促。

"这才是你应该送给我的最好的生日礼物。"他捏着她的下巴说。"生日快乐。"她回避着他的眼光，低下头，投进了他的怀抱。

也许这一天阳光正好，微风不燥。

也许这一天心岛未晴，雪花漫天。

也许你笑了，他动心了。

猫小姐的烦恼

每一种生活都是不可复制的稀有单品，
你的是你的，我的是我的。
可以用相同的杯子，
却盛着自己味道的茶。

Youth
我 只 想 一 个 人
住 在 你 心 里

猫小姐是我的高中同学，我们一直保持着很好的关系。她算不上漂亮的姑娘，但了解她的人都很喜欢她。乐天派，整天嘻嘻哈哈，笑点特别低，每当这时迎来的都是我的冷漠脸。

她善良，有才华，是一名游戏设计师。

猫小姐有一只猫，很漂亮；有一位爱她的先生，文质彬彬，礼貌大方。

和猫小姐近几年接触得较多，是因为我请她为我公司旗下品牌做设计。合作多了，见面机会便多了。

她每天忙得昏天黑地，加班、回家、烧菜、洗衣服，把工作和家里都照顾得非常好。我对她先生说："你真是找了个好太太，要对她好点儿。"

一次，她邀请我去她的新家做客，正好我们也有工作上的方案要碰头，便应了下来。去超市选了两瓶红酒做伴手礼。

可能两人都是设计师的原因，他们家里干净整洁，看不到什么杂物。房间都是素色打底，偶尔摆放几个艺术品增添几分文艺气息。

她的先生一直在招呼我，被我问到如何让房间显得整洁时，指了指餐桌后面的各种大小柜子，说："最主要的就是收纳，里面都塞满了。"

猫小姐一直在厨房做饭，叫我随意一些。我看到电视旁边的柜子里摆满了变形金刚一样的机器人，便回头看看她先生。他马上领会了我的意思，说那是自己的收藏。我心想还真是收藏什么的都有，不过有点爱好是好事。

后来猫小姐告诉我，那些价格昂贵的机器人是她先生的宝贝。如果家里没有人，他想放松一下，便会拿出来玩，嘴上还会给它们配音。听到这里我脑补了一个画面：一个三十岁的男人趴在桌上拿着两个机器人互相打架，嘴里还会发出每个角色的声音。我真的控制不住，在心里翻了一个大大的白眼。但这是他的放松方式，没有什么问题，毕竟每个人爱好不一样。猫小姐再三叮嘱我就当不知道，因为她先生很腼腆，会不好意思。

其实我有偷偷想过，如果哪天我装作不小心把红酒洒在了这些机器人上，他会有什么反应。

"开饭啦！来尝尝我的手艺吧。"猫小姐端出一盘盘菜摆满桌

平平淡淡过着属于自己的生活

子。我惊讶地说："你平时也做这么多菜？""当然不，这不今天你来了嘛，平时就两个菜。"她摘下围裙。我用筷子夹起每样食物放入口中品尝，向她竖起大拇指。我们喝光了红酒，看得出她很开心，有点醉意。她拉着我到书房给我推荐最近在读的好书，向我展示她的缝纫机。平日我有很多颜色好看、花色素雅的布袋都是她缝制赠予我的。在她生日的时候先生送她一个人台，上面挂着一件衣服，是她刚给自己做的。

她的猫还在我们聚会结束的时候跑出来与我匆匆见了一面。

回去的路上我在想，猫小姐是典型的上班族。可能因为我的职业的原因，总觉得上班族特别枯燥，每天两点一线没什么新鲜的事情发生。但看到猫小姐我突然发现，乐趣是自己找的，爱好是自己培养的。我反倒蛮羡慕她的生活，安安静静、平平淡淡过着属于自己的生活，闲暇时约三两个好友把酒言欢，累了看会儿书休息一下，兴致来了给自己做几件衣服。

那个曾经在课堂上偷看漫画、挂着鼻涕珠的猫小姐不动声色地长成大人了，过上了属于自己的生活。

前几天她通过微信突然发来几张照片，一个长发甜美女孩穿着一袭白色连衣裙，在树林旁的湖边，时而大笑，时而凝视镜头。猫小姐说这位是她朋友的朋友，也是设计师，经常去旅行，会拍很漂亮的照片，人长得也漂亮，生活得特洒脱。为什么自己没有人家的长相，为什么自己不能经常出去玩，很羡慕她这样的生活。我说，也许她出去玩都是跟团每天早起赶景点，也不会自己做衣服，烧的菜都是煳的，拍了一千张照片选出几张发了朋友圈。猫小姐听完哈哈大笑说，但我还是挺羡慕的，烦恼。

忘记在哪里看到过一句话：每一种生活都是不可复制的稀有单品，你的是你的，我的是我的。可以用相同的杯子，却盛着自己味道的茶。

我的猫小姐，你知道曾几何时我也羡慕你的生活吗？把烦恼抛在脑后，用力地爱你现在的生活吧。

下午

人生幻梦岁月是神偷，
天地无情时光最难留。
一年一年这样过去，
青春回忆却是美好的。

"你们真的不合适。你可以说我现实，说我物质，但我太了解你了，你需要找一个爱你多一些的男人，而不是一个你爱他爱得死去活来的人。"风先生皱着眉头，手指敲着桌子说。

"说来说去，你就是觉得他没什么钱，想让我找个有钱的人对吗？你这是什么价值观？你是我朋友吗？"

"我是想让你认识自己，过日子不是嘴上说说，而是柴米油盐。他在地铁里售票，一个月工资两千五。你们结婚后怎么生活？不是说一定要找一个有钱的，但起码不能你养活他吧？如果你告诉我你在谈恋爱，我没什么可说的。但是你认识他一个月就把这个递给我，作为朋友，我不该提醒你吗？"风先生扬起手中的喜帖。

"别的我不知道，我只知道现在我爱他。请柬就当我没有给过你。"云小姐说完起身离开咖啡馆。

风先生深知不是所有的鱼都会生活在同一片海里。所有的抉择都是生活的赌局，输赢都是自己的，选择了就没有反悔的机会。她已经陪自己度过了五年，学酒店管理专业的两人毕业后各自去了北京的两个大酒店工作。云小姐性格开朗，爱说笑，不久便提升为大堂经理，工资每月八千多，主要负责酒店的账目管理、接待培训。风的业绩也很突出。两人难得周末聚在一起，聊一聊各自遇到的问题、同学的去向，还有两人的感情。

"下午咖啡馆"是两人的"根据地"。每次吃饭、聊天全在这里。

这个咖啡馆下午一点开始营业，到太阳下山便停止营业。

就在这个下午，路边的下午咖啡馆里，旁人不清楚发生了什么，使得二人如此争执。

他们两个孰对孰错？其实各自都有道理。从古至今讲门当户对，不是完全没道理。我们可以不谈社会地位、金钱，但是又有多少人因为这些在这个社会上艰难地活着。如风先生所讲，过日子真的不是嘴上说说，每天菜市场选购、赡养老人再到养育孩子，如果没有很好的经济基础，真的很辛苦。

当然，如果你做好了准备，一定没问题。你心中有信念，便可以冲破一切阻碍。云小姐所讲也无错，茫茫人海，两人相爱，本是缘分，得来不易。恋爱大过天，无须条条框框的束缚。两人婚后可以一起努力。只要是他，这个他是你朝思暮想的便好。

时间：一年后 。

地点：下午咖啡馆。

"一年没见你，你怪过我吗？"云小姐语气中带着自责。

头发染成了流行的颜色，精致的妆容配上一对珍珠耳环，米色名牌风衣显得她很修长，手指上一颗钻戒晶莹剔透。她改变了好多，懂得打扮自己了，知道如何享受生活了。很少女人婚后会对自己这么好。风先生没有不自然，可能这就是老朋友的久违，也是两人成熟的表现。

"怪什么，你生活得好就行。这一年我也总出差，忙东忙西的。"

"我当初应该听你的，生活真的很现实，我没有做好准备。这一年没有联系你，不全因为你当初说的话，而是我忙得没有时间，全部重心都放在了家庭上。"

"女人婚后都这样，照顾老公，照顾公婆。你还没生孩子呢，生了之后更没时间。"

"我离婚了。"

风先生没有说话。

"结了婚以后，我就从公寓搬进了他家。他家很小，我无所谓；他在哪里，哪里便是家。开始的时候我们真的很幸福，吃饭，看电影，和他的朋友聚会。一个月后，婆婆嫌我不会洗衣服，做饭难吃，买菜贵。他呢，每天一下班就开始打游戏，我替他还了几万的信用卡。我每个月

平淡如水，相敬如宾，算不算爱情

的工资全部补贴家用，我感觉自己像是一个自费保姆。但生活就是这样嘛，挣水电费，搞婆媳关系，为他洗衣做饭。"

"确实如此，那你为什么要离婚？"风先生不解。

"因为他除了懒惰还花心。"

"懂了。"

"今天约你是要给你这个。"云小姐从名牌包里拿出喜帖。

"你这速度我跟不上。"风先生很吃惊。

"本不想结婚的，但有了他。"云小姐摸了摸肚子接着说，"他对我挺好的，是我们酒店的副总。其实他追求我两年了，我一直没理他。他年纪偏大，还有个孩子，我跟他真的没火花。但在我婚姻失败的时候，他给我的关心和照顾打动了我。可能是我上辈子修来的福气吧。我们同居后，我便辞职了。他为我开了家餐厅叫'云中岳'，因为他姓岳。他还送了我一辆车，让我没事开着兜风。总之，他把最好的全部给了我。本来我想就这样吧，他也尊重我的想法。谁知道突然怀了宝宝。他说孩子出生以后也要上户口，也该给我个名分，于是我们领了证。"

"没想到一年内你发生了这么多事情。"风先生仿佛听了一个广播剧。

"谢谢你，一路都在为我考虑，有你这样的朋友真好。婚礼记得来。"云小姐脸上的笑容是发自内心的。

幸福就像掉在沙发下面的一颗弹珠，你用心去找，怎么也找不到。等你忘了，它自己就滚出来了。

云小姐是搞清楚了自己的人生剧本，知道自己要什么，经营着自己的餐厅，经营着自己的爱情，经营着自己的人生。

三毛曾经说过："轰轰烈烈，不顾一切，算不算爱情；相濡以沫，执手到老，算不算爱情；平淡如水，相敬如宾，算不算爱情。真正的爱情，应该是两个人，彼此理解，互相尊重，不缠绕，不牵绊，不占有，然后相伴，走过一段漫长的旅程。"

时间：一年后。

地点：下午咖啡馆。

"这是我儿子刚进保温箱，可爱不？还有这张，你看他的小嘴。"云小姐拿着手机一张张给风先生看。

"一年一年过得太快了，转眼你都当妈了。"风先生感慨。

"可不嘛，记得上学那会儿咱们都玩QQ，有一个太阳就觉得特牛，现在一看才知道太阳越多人越老。"云小姐吃了口沙拉，环顾了一下咖啡馆接着说，"我先生破产了，他投资失败了，一下子回到了解放前。我把'云中岳'卖了，卖的那一刻我的心在滴血，那是我们的回忆，就像这里是咱们的回忆一样。但我不后悔，我爱他。你知道吗？当时我肚子里怀的是龙凤胎。我先生知道后高兴得都跳起来了，但其中一个没了。医生告诉我，因为我年纪大了，只能保一个，不然两个都没了。那一刻他给了我很大的力量，让我知道了什么叫男人。在同意书上签字的时候，他一定比我还难过。儿子是早产，出来才两斤多。不过你也看到了，他现在很健康。"

"你成熟了许多，看来多一些经历确实是好事。"风先生欣慰地笑着。

"我们都老了，能不成熟吗？咱们走不？我看天也快黑了，咖啡馆也快打烊了吧。"

"你先去忙吧，我再坐会儿。"

"行，你也抓紧啊，回头生个女儿，咱们定娃娃亲。"云小姐站起身，接着说，"你看我身材恢复得是不是挺好的？哈哈，走了啊！"云小姐走出了咖啡馆。

风先生从窗边望着远去的她，笑了笑。

人生幻梦岁月是神偷，天地无情时光最难留。

一年一年这样过去，青春回忆却是美好的。

下午咖啡馆他已经盘下来了。因为这儿属于他们的时光，会慢慢消退，只求慢一点儿吧。

他太了解她，也真心希望她能幸福。

风先生准备了很多便利贴，可以让客人留下想说的话，贴在每个地方。五彩缤纷的便利贴粘满了整个墙壁。他自己也写了一张贴在角落里：

"世界上最勇敢的事情，是微笑着听你说你们之间的爱情故事。"

鸢尾尖果儿

在茫茫人海中，
冥冥之中总有一个人在未知的地方等你到来，
而你来到这个世间也只是为了遇见他，
与他牵手，成就一世情缘，这就是缘分。

　　鸢尾小姐是个北京大妞，我认识她是因为工作关系。据说她从小就特别爱闯荡，为人仗义，街里街坊都特别喜欢她，每次骑单车从胡同经过，拿着蒲扇坐着乘凉的大爷大妈都说这孩子长大能有出息，做事雷厉风行的，学习也好。

　　用老北京话形容她就是尖果儿。头发有点儿自然卷的她干脆烫了波浪，中分后露出美人尖，像洋娃娃一样。

　　漂亮女孩从小就有烦恼。那时她上初中，班上男同学总是对她献殷勤，主动帮她打扫卫生，擦黑板。但她根本不领情，一个都瞧不上，她向往的爱情可不是这种小孩子似的过家家。每个人心中对爱情都有预想——那个人长什么样，爱穿什么样的衣服，声音好不好听，鸢尾小姐也一样。她喜欢的男生一定要打动自己的心，感觉对了，那全都成了。

　　那个时候刚刚流行手机，是那种蓝屏的，也只能发短信打电话，因为成绩好，妈妈奖励给她一部。这部手机开启了鸢尾小姐一段刻骨铭心的恋爱之旅。

　　一次暑假她给友人发信息，无意按错了一个号码，信息内容传送给了另外一个人，看似偶像剧一般的剧情开始了。这个人回复了她，正当鸢尾小姐发蒙的时候，一条信息又进来了："这种感觉好奇妙。"正是因为这句话，她心底那种和一个陌生人交流的欲望突然特别强烈，他是男是女？在北京吗？

　　其实在年纪小的时候，每个人都会有叛逆期，很多事情不想跟父母说，跟同学说又怕大嘴巴传出去。如果有一个不认识的人，可以听你诉说，给你出主意，他不清楚你是谁你住哪儿，感觉特别棒。

　　两人你一条我一条地聊了起来，整个暑假鸢尾小姐嘴巴都是上扬的，那种感觉像是小孩子有了新玩具，时刻都想摆弄它。她吃饭会情不自禁地笑，睡觉会藏在被窝里发信息，早上醒来第一件事就是看看有没有未读消息。

　　他是男生，大她一届，虽然同在北京，但不同校。鸢尾小姐一直全身心都扑在学习上，很少有时间听音乐，好像也没什么兴趣，但是最近她爱上了周杰伦，是他推荐的。耳机放着爱情的旋律，脑海中每条信息的内容开始浮现，平时窗外打扰她背单词的鸟这段时间也叫得好听了许多，周杰伦带给她的不仅仅是音乐本身，而是她的整个青春。

　　开学后，他们没有办法再发信息了，他住在军事化管理的学校，手机只有周末能用，但这根本阻止不了两个人整个暑假的火热。他们开始通信，那时候有个名词叫"笔友"。你一封我一封地邮寄，信里会讲对方遇到的趣事，班上的矛盾。邮递员传送的可不是这些琐事，是双方的想念。

直到有一天他发来的信写到他喜欢一个女生，已经表白了，内心很紧张在等待答复的时候，鸢尾小姐心碎了，她仿佛都能听见那种破碎的声音，第一次感受那种带着抽搐的疼痛。她把自己关在屋里大哭了起来。所有编织的梦好像都烟消云散了，这个陪自己日日夜夜聊天的男生原来只是把她当成一个笔友，只是一个倾诉对象，然而自己都不知道他多高，长什么样，却已不能自拔。从信息到书信，字里行间的缠绵，你来我往的暧昧，都是自己臆想出来的，真正投入的是她。鸢尾小姐爱上了他。

鸢尾小姐自己在屋里憋了很久，午饭也没吃，流着泪把手机里的信息都删掉了，看着一地的信件，她调整了心态。这都是自己的一厢情愿，对方并没有错，是自己想要的太多。是时候调整了，如果不想失去这个朋友，该改变的应该是自己，做一个妹妹吧，这样可以一直守护着他，鸢尾小姐这样想着，打开信纸回复了他。

十年后。

"你知道后面发生了什么吗？你绝对想不到，故事太精彩了，真跟电视剧一样。"鸢尾小姐点了根烟，瞄了我一眼。

"不知道，但我特好奇，你见都没见过就爱上了？"我捧着热茶暖手。

"那个时候小，才上初中啊。哪懂什么爱不爱的，但就那一刻感觉对了，就觉得这个人对。"鸢尾小姐依然是一头大波浪，吐着烟，现在的她不知道还会不会在爱情面前露出小女生般的羞涩。

"你知道吗？我回复的这封信压根儿就没到他手中。他们班有个男生叫披萨，这个人也喜欢他追求的女生，理所当然对他就是羡慕嫉妒恨，在传达室就把我的这封信收了，然后可怕的事情来了，披萨给我回了信。"

"啊？那他说什么？"我一脸茫然。

"披萨模仿他，以他的名义给我回信。现在想起来我真挺佩服这人的，他得观察得多仔细，才能跟我聊那么多，他每天都发生了什么，上了什么学校，家里状况什么样，我们一聊可就是四年啊。"鸢尾小姐瞪大眼睛看着我摇头。

"四年？你是说四年你都以为回复你的人是他，结果是披萨？"我真的想象不到，看来真的什么人都有。

"可怕吗？"鸢尾小姐笑了笑接着说，"可怕的是我居然还见了他。"

"我去，披萨告诉你他就是'他'？"

"没有，披萨以他同学的身份介入。因为之前我跟他有QQ上聊过天，也看过他照片，披萨给我写信告诉我以前的QQ被盗了，让我加了他同学。这个同学就是披萨本人。手机号码也说学校不让用，偷偷

我相信只要是善良的人都会踏上彩虹桥

换了号码，这个号码也是披萨的。一切都是顺理成章，我通过QQ、书信、短信联系的他其实都是披萨。我还去学校见他，接待我的依然是披萨，今天告诉我他出去了，明天告诉我他打工了，各种借口，我居然全信了。"

"他用意何在？披萨喜欢上你了？"我特别好奇这人内心的想法，四年啊，时间不短，一直冒充着别人有什么意思。

"没错，种种巧合让我有点察觉，披萨快瞒不住的时候告诉我他去国外念书了，这样我就见不到他了。但有一次我翻看之前的信件，发现字迹有问题。有次我和披萨见面，当面我让他帮我解答一道题，他写完之后，我看着字又看了看他，说了句：'你挺累的。'然后我就走了，估计披萨心里也知道了。两天后，我收到了一封信。披萨把事情原原本本都讲给我听，并说他已经爱上我了。你知道我当时的感觉吗？我觉得自己像神经病一样，虽然我四年来倾诉、爱慕的对象都是披萨，但是我根本不能原谅他。我一辈子都忘不了，也不可能接受。心里的感觉说不出来，乱七八糟的。"

"你回他信了吗？"其实我听完，除了不能理解外，也有说不出的感觉，换作是我我会怎么办？我真的不知道。

"我没回。但他还是会给我写，还跟踪我，那个时候手机都更新换代了，他在我家楼下拍了照片给我。我当时挺害怕，觉得这个人挺变态的，还跟我妈说了这事儿。现在那一箱子信还在床下放着，四年啊，满满一箱，我不敢再打开看，但那确实是我的青春。"鸢尾小姐感慨道。

"披萨之后再没骚扰你了？他呢？从此也没联系了？"我总觉得故事不应该就这样结束了。

"与披萨确实是没联系了。不过得知事情真相以后，我一直挺想联系之前那个人的，我想把事情原原本本地告诉他，不管怎么样我想他知道。我尝试了好多办法，最后在人人网上找到他了，那一刻我快哭出来了，你能理解那种感觉吗？我不是神经病，真的有这个人，是活生生的真人。"鸢尾小姐显得有点激动，眼眶也湿润了，"我发了一个长篇私信给他，告诉他我是谁，我找了他很久，他约我在一个咖啡厅见面。我那天紧张到不行，虽然看过照片，但这么多年了，我从来没有见过他真人，我特怕自己不够好看，怕自己失态，不知道该跟他说什么。其实都是我自己想的，我能感觉到，他看到我之后，其实不太记得我是谁了。"

"你们真正通信也就一个月左右吧，其实不记得也正常。"我安慰着她。

"我能理解，确实是。可能当时跟他通信的也不止我一个，再说都几百年的事了，不记得很正常。见了面我把故事一股脑儿地全讲给他了，他也很吃惊，说了句'怎么会有这样的人'。"

"估计他也是懵的，心想这都什么跟什么啊？发生了什么，哈哈。不过你俩再遇到也是缘分。"

"故事的爆点在哪儿你知道吗？"鸢尾小姐看着我眼睛眨了眨。她心里肯定想：打死你也猜不到。

"这还不够戏剧化？赶上电影了。"

"前段时间我和他一起回他学校，想怀念下校园生活，正巧又聊到这事儿，他哼了一声说'披萨就是个同性恋'。"

"我当时听了特别惊讶，反问他'他喜欢你啊'，他看了我一眼，'什么喜欢我？他喜欢女的。'"

"我没听明白。"我突然怀疑了自己的智商。

"披萨是女的。"鸢尾小姐意味深长地看着我。

"什么玩意儿？你不是见过他吗？"

"见过啊，不止一次呢，我姐们儿还跟我见过呢，没看出她是女的啊。她就是男的啊。"

"我需要静静。"我感觉身体被掏空。如果不是鸢尾小姐亲口给我讲，我真的会怀疑这是小说的故事情节，还是恐怖故事。

"你说我都经历了什么，哈哈。"鸢尾小姐笑着又点了根烟，吸了一口接着说，"不过都无所谓了，听一乐呵，反正也没联系了，披萨从我们的世界里消失了。谁也找不到她。也希望她幸福吧。你不是总问我和我老公怎么认识的吗？就这么认识的。"

　　"你现在的老公就是他？"我已经不想再惊讶了。

　　"对啊，前几天刚陪我去摇滚音乐节，挺宠我的。"鸢尾小姐笑容里带着幸福。

　　我手里的茶已经凉掉，看着鸢尾小姐的笑容，我知道她找到了她的爱情。在茫茫人海中，冥冥之中总有一个人在未知的地方等你到来，而你来到这个世间也只是为了遇见他，与他牵手，成就一世情缘，这就是缘分。

　　鸢尾花以蓝紫色居多，这种颜色冷艳高贵。看似难以接近，实则热情如火。鸢尾花因花瓣形如鸢鸟尾巴而得名"爱丽丝"。爱丽丝在希腊神话中是彩虹女神，她是众神与人间的使者，主要任务是将善良的人死后的灵魂经由天地间的彩虹桥携回天国。

　　无论是神还是人，来到人间总会有任务要完成，可能披萨的任务就是促成这一段姻缘，鸢尾小姐的任务就是坚守自己的爱情。不管是谁，我相信只要是善良的人都会踏上彩虹桥。

小确幸官方旗舰店

用笔画出最幸福的作品，用手指写下最幸福的情书，用手捧出最幸福的爱情，用心勾勒出最幸福的形状。

小确幸是微小确定的幸福，在我们每个人身上都发生过。我想开一家店，然后让很多人加盟，店名就叫"小确幸官方旗舰店"。这样随着加盟商越来越多，就会多一些人感受到生命中的幸福，哪怕是微小的。

时间：高中

地点：学校

绿豆小姐成绩优异，性格腼腆。一日隔壁班女生发来战书："听闻你们班的人文体都很厉害，周日球场女足友谊赛，较量一下如何？敢接战书吗？"

绿豆小姐所在的班级是艺术特长班，音乐、体育、美术三种特长生集于一班。外界总以为这个班的人颜值是最高的，文体是最厉害的，所以收到战书后，班上的男生马上沸腾了，立刻应战，不能丢脸。

　　第一步便是教练选择球员，足球队员需要十一名，要找个高能跑的、对足球了解的人。除了班上学体育的女生全部参加外，还差一名。绿豆小姐躲得远远的，生怕选到自己。她从小找老公的目标就定为不找球迷，因为男生看起球来什么都不做，话都不说了；还有就是游戏迷，每天只沉迷在游戏当中。她内心排斥球还有一点就是，踢球的男生都个矮，小腿粗。一群大男生抢一个球还总是生气打架。当然，这只是她个人的想法。

　　所以教练找她时，她拒绝了，说自己对足球完全没兴趣，零认知。不要抱有人高马大类似体育健将就一定可以胜任的想法。

　　没办法，教练最后决定就选班上脚最大的女生。绿豆小姐以四十码大脚拔得头筹，赢得当之无愧。

　　为了班级荣誉，绿豆小姐加入了战队。但毫无兴趣的她排练得漫不经心。她被安排到后卫，离球门很近，只需盯着球就好。如果球过来了帮守门员一把，不让球进入球门即可。比赛上场前，教练走过来说："你起码穿件运动衣啊，这也太随便了。"

　　"我没有。"

　　"我这儿有一件，你先穿上。"

　　绿豆小姐套上运动衣便上场了。看台里里外外都是人，因为是女生踢球，男生们都跑来助威欢呼。绿豆小姐坚守在自己的"岗位"上很是无聊，班上体育专业的女生很厉害，对方哪里是对手，球都没有往这边来的动向。她的状态越来越松懈，以稍息的姿态站着，眼睛盯着球，手一插兜："咦？瓜子？"于是绿豆小姐开始嗑着瓜子，看着球。殊不知，看台上的男生已经乐疯了，注意力全在嗑瓜子的她身上。

比赛也快结束了，瓜子也快磕完了。突然球向自己这边飞奔过来，绿豆小姐紧张了，她紧张的不是球来而是呼啦啦一大群人冲向了她。她心想：不能丢人，不能让班级输球。于是使出了洪荒之力，把所有力气都用在了自己的脚上，用力一踢。等自己反应过来时，已经躺在地上了，根本没碰到球。只听旁边一名女生说："谁啊这是？给我裤子踢了一个大脚印。"

比赛结束了，绿豆小姐她们赢了。

看台上一名男生全程都在微笑地看着这位"吃瓜子群众"。

十年后他俩偶尔还在议论。

"老婆你为什么当时在球场上嗑瓜子啊？"

"这怪我啊？谁让运动衣衣兜里有瓜子？"

"你不是不想找球迷吗？"

"我的球迷我还是可以嫁的。"

这是他俩的小确幸。

时间：午后

地点：美容院

　　樱桃小姐总是对自己的外表不自信。全身心扑在家庭上的她觉得应该对自己好一点儿。楼下开了一家美容院，她想去咨询一下。

　　一位年轻漂亮、皮肤超好的导购接待了她，向她介绍了店里所有的设施，告诉她设备有多先进，哪个明星来过。明知这些导购套路的樱桃小姐马上要招架不住了："我就想做一些日常的护理，洗脸按摩那种，其他的我不太感兴趣。"导购小姐听了之后心里有谱了，马上换了个策略。

　　"您多大了？"

　　"二十八岁。"

　　"咱俩一样大，这么巧。"说着导购看着她。

　　樱桃小姐心想：咦，你最多二十岁，挺狠啊来这招。

　　"按您的需求，这款三千的套餐很适合，一周来一次，有十二次。"樱桃小姐脑子在计算每次的费用时，导购接着说："好了，再送你两次深层清洁。"

　　樱桃小姐没说话。

　　"再送你十次面膜。"导购盯着她。

　　"好吧。"她说。

　　她付了款往家走，其实本来想咨询下，不知不觉就把钱花出去了。不对，面膜没给我。樱桃小姐掉头往美容院走。

　　"你是不是忘了点儿啥？"樱桃小姐趴在柜台上笑嘻嘻地看着

导购。

"我忘记啥了呢，亲爱的？"导购一脸不解。

"面膜呢？"樱桃小姐学着宋小宝的语气，毕竟问人要东西总觉得尴尬。但不要自己就吃亏了，钱都花了。

"面膜？那是在这儿做的，宝贝。"导购心里应该翻了一个白眼。

回到家，樱桃小姐把自己的囧事跟先生说了一遍。

"哦？你不说我还忘记了，三八妇女节单位给高管发了张美容卡，在我包里。好像跟你刚才说的店是连锁的，价值三千块钱的，你看看是不是。"

樱桃小姐蹦蹦跳跳地跑去把卡翻了出来。

"太好了，我今天相当于半价办的卡。"

这是她的小确幸。

时间：下班后

地点：瑜伽馆

鸽子小姐在公司附近办了张瑜伽卡，下班后会去上一堂课。她在外企上班，上下班时间都不是高峰期。

鸽子小姐经常早到瑜伽馆。老师还没到，她便一个人在教室里抻抻胳膊，压压腿，等待老师到来。

一日，她下班后来到瑜伽馆，把包锁好后，发现教室里漆黑一片。她拉开门，顺手把灯打开。这一瞬间她懵了，地上躺了一堆人，老师坐在前面直勾勾看着她。她赶紧关了灯退出门外。原来人家上一堂课还没结束，在做冥想。她觉得自己特别二。这时老师走了出来，鸽子小姐准备好被教训了。

"谢谢亲爱的，要不是被你打断，我真出不来，还有十分钟冥想呢，我今天一直拉肚子。"说完急匆匆跑去了卫生间。鸽子小姐愣在那儿，突然觉得自己办了件好事。

这是她俩的小确幸。

时间：周日

地点：地铁

这天抱枕夫妇坐地铁去郊区玩，因为是周末，地铁上人特别多，两人离得蛮远的。抱枕小姐倚靠在门上，双手背过去玩着地铁拉门中间的黑色胶皮，手指上下滑动。抱枕先生捧着手机看电子书。终于到站了，两人走出地铁。出口风特别大，抱枕小姐习惯性地用手指捋了一下头发，回头刚要跟老公讲话，却看见抱枕先生蹲在地上哈哈大笑。

她从眉头到太阳穴有一道又黑又粗的印子，跟眉毛完美地融合在一起，像寿星公一样。她看了眼手指，黑得不像样子。

原来刚刚在地铁上用手指一直玩的黑色胶皮很脏，不仅有灰尘还有类似煤油的物质。抱枕小姐哭笑不得，赶紧从包里拿出湿纸巾擦拭。

地铁口卖花的小姑娘跑到抱枕先生面前："先生买朵花吧，你看你女朋友都哭了。"

"好，买一枝。多少钱？"

"十元钱。"

抱枕先生付过钱后拿着花："媳妇，看你今天这么可怜，送你朵花补偿你。别哭了哈哈。"

"讨厌，丢死人了。"抱枕小姐虽然嘴上这么说，但心里特别开心。因为她老公是超级不浪漫的人，这是他第一次送她花。

这是她的小确幸。

时间：周末下午

地点：自助餐厅

核桃夫妇下午去遛弯，发现家门口开了家连锁自助餐厅。

"老婆，咱俩晚饭在这儿解决吧。"

"行啊，省得回家做饭了。"

两人走进餐厅，核桃小姐找了位置坐下。先生去前台埋单。可能新开张的原因，餐厅里的人挺多，埋单都要排队。

核桃先生突然回过头看着她，没有发出声音，只用口型说："你还有钱吗？"

核桃小姐没懂什么意思，看着他一脸茫然，摇了摇头。先生知道她压根儿没懂，但周围人太多，大男人身上没带钱排着队有点丢人。于是加大了口型："你还有钱吗？还有吗？"

什么意思？核桃小姐心里在打鼓。他在跟自己说什么？肯定是特别难说出口的话，不然为什么不出声。"你爱我吗？"这句？不对啊，结婚五年了，他不是这样的人啊，但口型是这样的。核桃小姐站起身，你不好意思，我好意思。

"我爱你！"看着周围人投来的目光，核桃小姐微笑地看着老公。

核桃先生脸噌地一下就红了，赶忙走过来："你说什么？"

"我说我爱你，你可真是的，吃个饭至于吗？问来问去的。"

"宝贝，我说的是你还有钱吗？我出来遛弯没带钱。"核桃先生冷着脸。

这回换核桃小姐脸红了，小声嘀咕："你问的是这个啊？我也没带啊，这咋办？好多人看着呢，这么走出去不合适吧？"

正说着一位服务员走了过来："先生、小姐你们好，我是这家店的店长，今天是我们开店第一天。刚才二位的举动我们都看到了，您看……"店长回头指了下吧台的广告立牌接着说，"我们这一季的主题就是'有爱说出来，饭菜我们买'，所以今天二位可以成为这次活动的第一对客人，免费。"两人赶忙说了谢谢。待店长走了之后，两人相视笑了起来，这是他们的小确幸。

生活中就是有这些意想不到、看似很不靠谱但真实存在的事情。幸福没有明天，也没有昨天，它很奇特，不怀念过去，也不向往未来，它只是现在。所以我们好好地享受当下吧，经营好自己的"小确幸官方旗舰店"。

蓝香蕉

校园永远在那里一动不动，
行走的是朝气蓬勃、浑然天成的我们

Youth

我只想一个人
住在你心里

有一首歌，你听到就会想起一个人。可能是这首歌让你们相遇，可能是歌词内容和你们的经历相似，也可能是他告诉你这首歌适合你。

Take Me Home，Country Road，茉莉小姐一听到这首歌就会想起他，思绪就会回到那年夏天，那个校园，那个球场，那段她说不清是蓝颜知己还是青衫之交的微妙情感。

十八岁那年，五湖四海的同学聚在了这个女生宿舍，并按年纪、生日排了辈分。老大戴着一副黑框眼镜，脸上有点斑，每天趴在宿舍桌上听着耳机里的音乐背单词。老二和老三长得很漂亮，有高挑的身材，每天黏在一起，讨论的话题无非是新款化妆品哪个好用，眉毛哪种画法当下流行，连衣裙是配耳环还是配项链好看。老四是我。

大家经常窝在宿舍看电影，聊明星的花边新闻。一起上课给对方占座，去食堂吃饭互相帮忙排队，只差没睡在一块儿了。

我们在经历着自己最美好的青春。校园永远在那里一动不动，行走的是朝气蓬勃、浑然天成的我们。

"明天报体育选修课了，你们都选什么啊？"老大问。

"乒乓球挺好的，也不用跑来跑去。"老二涂着指甲油看了眼老三。

"但也要捡球啊。咱们几个选同一门吧，这样请假什么的也方便。"

"我是对一切体育项目都不感兴趣，老大定吧，我赞成老三。"

"那咱们选羽毛球吧，感觉会轻松点儿。"老大望着我们。

"好。"四人达成一致。

羽毛球场旁边是篮球场，中间隔着一道铁丝网。篮球场传来了女生高喊"好帅啊"的声音，宿舍几个人的眼睛都望向篮球场大汗淋漓的男生们。那群男生好像得到了鼓励，打得更卖力了。很快，其中个子最高的男生吸引了大家的注意。不是因为他的球技好，也不是他长得有多帅，而是他穿了一双黄袜子，上面印满了蓝香蕉。这一抹亮色驰骋在球场上格外引人注目。女生们开始低声窃笑，互相议论着。

我的性格比较安静，从小到大像丑小鸭一样生活着，只愿跟自己喜欢的人讲话。我向往老二老三那样的生活，但我知道自己没有资本，没有她们漂亮的脸蛋和身材，没有她们招人喜欢的性格，更没有她们想买什么就买什么的经济能力。我要打工赚钱，定期给家里汇钱，供养弟弟妹妹生活。我唯一比得过她们的就是学习成绩。但这个看脸的社会貌似也不需要学习多好，只要你有好的人际关系、社会背景以及足够的钱，一切就可以搞定。

　　嬉嬉闹闹的一堂课下来，大家都满身大汗，坐在地上喝着水休息。旁边篮球场的男生跑过来玩起了羽毛球。年轻人在一起就是容易熟络，没一会儿，男女混打便开始了。

　　"蓝香蕉"跑到了我们几个这边。

　　"要打一局吗？"

　　我们坐在地上，他弯下腰来问我们。我这个时候才仔细看了看他。他好高，感觉有一米八六的样子。头发被汗水打湿，几滴汗珠流到脸颊上，刚运动完的他脸色微红。一件白色背心使胳膊的肌肉线条显得紧实有力。黑色运动裤下面搭配了一双白色篮球鞋；当然，还有那双印满蓝香蕉的黄色袜子。

　　"好啊！"老二站起身主动应战。

　　看他们打了一会儿，老三便拉着我和老大去了卫生间。

　　"你们觉得那个男生怎么样？"老三的声音从隔间传来。

　　"很帅啊，我对这样的运动男没有抵抗力。"老大花痴地说。

　　"我也觉得挺帅，大学校园确实美好。"我嘴上附和着，心里也真的是这样想的。

　　"看来咱们四个都喜欢上一个人了，哈哈。但我觉得老二对他比咱们都感兴趣，你看她那样，人家还没说完，她马上就站起来了。咱们要不要撮合他俩一下？"

　　"我看行。如果成了，以后是不是就会有个帅哥经常出现在我们面前，帮我们拎东西，干粗活？"

这次我没有附和，为什么不是我？就因为我长得没有老二好看吗？我在她们当中存在的意义何在，这么可有可无？

从那以后，我们经常跟蓝香蕉在一起玩。除了打球以外，也会聚餐。一来二去大家越来越熟。虽然我们看人都是先注意外貌，但他吸引我的绝不是长相。他家境很好，每天衣服都熨烫整齐。头发很短，手指修长。我不喜欢男生戴首饰，他刚好就是这样。待人礼貌有修养，脑子好使又幽默。用一句流行话来说就是：我喜欢的样子刚好他都有。我知道自己的家境和相貌不是很好，但我挺想和他成为朋友的。我们真正成为朋友是在那一次。

我们老大因支气管哮喘导致肺气肿，不得不休学回老家治疗。全宿舍都深陷不舍中。办理休学手续没那么快，老大在医院打吊瓶，我们三个就轮班陪着。蓝香蕉偶尔也会带着水果、营养品过来探望。

一天只有我在的时候，他来了。我们坐在医院走廊的长椅上。

"人生真爱和我们开玩笑，她会康复吗？"

"会的，她那么善良，上天不会让她经受这样的痛苦的。"蓝香蕉拍拍我的背。

"我们宿舍都觉得你和老二般配，一直在撮合你们，你也感觉到了吧？"我也不知道为何会突然说出这样的话，可能埋在心里太久了。

"你觉得呢？般配吗？"蓝香蕉转过头看着我。

"挺般配的。"我心里也确实这么想。

"我喜欢和有趣的人交朋友，如果对方经历的事情是我不知道的，就会好奇地想要了解。我平时接触西洋文化比较多，喜欢听一些国外的音乐，看一些国外的书籍。你们是外语系的，以后我遇到看不懂的就要请教你了。对了，前几天我看到一个奢侈品牌出了款手镯，我也做了一个。"说着蓝香蕉从裤兜里拿出一个用叉子弯成的手镯，"我平时喜欢自己做些东西，这个送给你吧。"

我接过手镯心里特别开心，不是开心他送我礼物，而是他和我心中所想的样子如此吻合。

"谢谢，好有创意。对了，其实我一直想问你一件事，你为什么会有那样一双袜子？"这个问题我一直想问，他这样的男生应该不会选择如此花哨的袜子。

"有机会再告诉你，听首歌吧。"蓝香蕉没有回答我，掏出耳机给我戴上一只，自己戴上另外一只。一首英文歌安静地从耳机中传来：*Almost heaven, West Viginia, Blue Ridge Mountains, Shenandoah River*……我没有再问，我们也没有再讲话。在医院走廊的长椅上，我们听着*Take Me Home, Country Road*这首歌，身在浮世中，却感觉皓月当空，清风徐徐。

小的时候，我总盼着十八岁的到来，因为那意味着我可以离开老家去想去的地方读大学；意味着不用再跟弟弟妹妹挤在一间小屋子里；意味着我也可以像其他女孩子一样找男朋友，被人呵护，不用再在父母的羽翼下做不懂世事的孩子；意味着整个天空都是自己的。但到了十八岁的我，仿佛小时候想的是一个童话故事，我没有办法演绎故事书中所设想的结果。这也许就是成长的烦恼。还好，在遥远的光景里的某年某月的某一天，或许就是现在，在一首歌中找到了儿时的幻想。

那次独处之后，我俩好像有了默契，见面聊天的机会也多了起来。我遇到烦心事都会跟他说，他也会给我出主意和想解决办法。

我们遇事举棋不定的时候，总希望身边有人能推自己一把。虽然做决定的永远是自己，心中也有答案，但被信得过的人肯定之后，仿佛这件事情很快就能解决了。而这个朋友也必须和自己一样，有着相同的三观和对待事物的看法。

一个周末，蓝香蕉说学校旁边开了家特别好吃的面馆，生意火爆到不行，要带我去吃。

可能因为生意太好，我们发现要坐的位子上有前面客人留下来的油渍。

"小妹，帮忙擦下桌子。"他回头向服务员招手。服务员满脸的不高兴，腿像灌了铅一样，一步一步挪动着向我们走来，擦桌子的动作也缓慢到不行，嘴里念叨着"累死了"。他听到后马上撸起袖子说："我来。"然后拿过抹布在桌上擦了起来。服务员有点不好意思，恢复了精神忙说："不用，给我吧。"脸上也有了笑容。我在旁边静静地看着，觉得他是一个让身边每个人都能挂满笑容的人。

桌子擦干净后，我俩同时把手机放在了桌上。这个默契的动作让我俩相视一笑，同时睁大眼睛：我们都换了手机，而且品牌型号一模一样。

"你是不是我的粉丝？"他打趣道。

"切，你怎么换手机了？"

"之前的丢了。"

"我的也是。"

"可能是同一个人偷的。"

随着我们见面的次数越来越多，宿舍关系也发生了变化。老二、老三好像刻意跟我保持距离，我们在一起畅谈的时光不见了。这种微妙的变化，在女孩之间总是存在，像时钟上的走针，一直不停地转动，不停地变化；时间随之匆匆离去，我却无能为力。转眼毕业了，我去了上海工作，宿舍的"四人帮"解散了，后来也无联系。书上通常定义蓝香蕉这样的人是祸水，一个人搅和了四个女孩的友情。我和蓝香蕉一直保持着联系，遇到问题还是会一起商量。良师益友，这是我对他的定义。

我喜欢很酷的事情，喜欢有想法的人，喜欢西式料理。用蒜头、番茄、洋葱这些原料做出一道让人赞不绝口的美食会让我很有成就感。

今天体育课上，外语系的几个女生一直在笑。我知道她们在笑我的袜子。当然只有我自己知道内心的想法。

"她们那边休息了，咱们过去认识一下吧，有几个长得挺漂亮的。"宿舍的哥们儿拉着我走了过去。

为了让自己没那么尴尬，我也邀请了几个女孩打球。主动跟我打球的女生很开朗，让我没那么囧。其实我挺不会和女生打交道的。

后来我们熟络了起来。女孩子貌似都很爱吃，所以我经常请她们吃饭。看到她们一脸满足的样子，我总幻想有一天我做出的食物也能这样受欢迎。

见了几次后，我明显感觉到她们想让我和跟我打球的女生谈恋爱，总是给我们制造独处的机会。但我已经有女朋友了，而且两家是世交。我们初中就在一起了，只不过她在国外读书而已。

我注意到她们宿舍有个叫茉莉的女孩，她不自信，也很少讲话。对于一切神秘的人和事，我都很感兴趣。在医院走廊那次，是我们第一次正式聊天。

"人生真爱和我们开玩笑，她会康复吗？"

"会的，她那么善良，上天不会让她经受这样的痛苦的。"我问过医生，她的状况其实并不乐观，要配合治疗，不然会有生命危险。但我不能把这样的话告诉茉莉，只是拍了拍她的背安慰着。

"我们宿舍都觉得你和老二般配，一直在撮合你们，你也感觉到了吧？"茉莉突然问了这样的问题。我不知道该如何作答。我当然感觉到了，但我当她是朋友，况且我已有女友。如果我现在告诉她，会让人觉得我是有女友还给别人希望的渣男。我把问题丢了回去，不再聊这个话题。我送了她一个自己做的手镯，看得出她很开心。然后她问我为何会有一双那样的袜子，我本来想告诉她，但还是忍住没讲，想了想还是等实现了再说吧。

从她们宿舍老二口中得知，茉莉是个很孝顺的人，不仅要打工养活自己，还要给家里汇钱养活弟弟妹妹。我会想，如果我生在这样的家庭，会有她努力吗？我相信她肯定有自己想要的生活，所以一直在奋斗。

其实蓝香蕉是欧洲中西部从意大利到英格兰西北的地带。那里是人口、金钱、工业最集中的地区。由于这个地带形似香蕉，所以被称为"蓝香蕉地带"。我希望有一天，从英国经过荷兰、比利时、德国、瑞士到意大利去旅行，寻找各国的美食，再学习做法，然后选择一个自己觉得舒服的城市开一家西餐馆。蓝香蕉是我的一个梦想。

毕业后茉莉去了上海一家出版社工作，我们一直保持着联系。我也终于开启了自己的蓝香蕉之旅。每到一个国家，我都会寄一张明信片给她，像是一种精神寄托。

我特别高兴的一点是，我们双方都没有让这层友情之上、恋人未满的感情变质。有时在生活中，你会有一个特别的朋友，她是你生活的一部分，能改变你的生活。在遇到茉莉之前，我并没有急于实现梦想的动力。但一想到比你优秀的人还比你努力，我就不得不加快自己的脚步，这样才配得上这样一个朋友。

两年后，我们各自都结婚了。可惜我们都没能去参加对方的婚礼。她结婚的前一晚，我给她打了电话："我心爱的女人要结婚了。"然后假装大哭。电话那头传来哈哈大笑的声音，她一直骂我神经病。其实我并没想去，这种感觉很奇妙。希望我们各自安好吧。

婚后我们联系逐渐减少，因为都有了家庭。但有事的时候还是会联络，看似变化了的其实一切都没变。

有一次我在手机上看到一条特别有趣的新闻，想分享给身边的好友。实在搞不清电子产品的我本想群发，却群组了，茉莉也在其中。被我群组的朋友纷纷退群，因为互相不认识，我当时尴尬得想找个地缝钻进去。

正当我想逐个道歉的时候，茉莉的信息发来了："原来你们一直在联系。"我挨个看了群组的人，她指的是她宿舍的老二。我打了十几个电话给茉莉，她没有接。我知道她一定在想我是谁都可以聊得来的人，她没有那么重要。

第二天手机短信收到一条信息：两个人不管什么关系，在这一世没有许诺，来世便不会再见。这辈子遇到你很高兴，再见吧，朋友。我看到这条信息迟久未动，这可能是每个人内心真实的想法吧。我没有回复，没有解释，选择尊重她的决定，只可惜我的蓝香蕉梦想她还不知道。

　　一年后，我收到茉莉宿舍老大病逝送别会的邀请，本不想去，因为我知道她在。我不确定她是否愿意见我。但这可能是最后一次相见，还是订了机票。

　　天气很配合地下起了雨，雨水打在屋顶上嗒嗒作响。我到达送别会的门口，刚好看到茉莉走出来，穿了件黑色长裙，瘦了许多，头发长了，眼睛可能因为刚哭过有些红肿。我准备好的见面语一时哽住。没等我开口，她便从我身边走过，那一瞬间仿佛经过了一个世纪的慢镜头。

　　雨水顺着脸颊滑到脖子，滑进心里。丝丝疼痛折射出不舍，绽放在这潮湿的空气中。

　　你大概不会知道，你迎面走来，却假装看不见地与我擦肩而过后，我呆呆看着你的背影跟你说了句：很想念你，朋友。

　　故事结束了，但生活未完待续。

　　因为茉莉小姐经常会收到国外寄来的明信片。

　　署名是：蓝香蕉先生。

融化的跳跳糖

除了梦想，
还有爱情是美的。

爱是人存活世间的证明。我们经常看到，在一起的人未必不相爱，相爱的人却被迫分开，这是人生无常，也怪很多人自己没有努力。当梦想照进现实或者我们爱了不该爱的人，该怎么办？我回答：既然爱了，有不该爱这一说吗？

交响乐先生是宁波人，在韩国一个很大的公司做练习生。他从小就有一个明星梦，希望站在灯光闪耀的舞台上唱歌、跳舞，受万人瞩目。他长得也是很受女孩子喜欢的那种，高高帅帅，跳起舞来就更迷人。虽然当练习生很苦，每天要泡在练功房练功，在健身房里锻炼，还要比别人花更多的时间来学语言，连通信都受限制，跟家里人联系很不方便，但他并不在乎这些，他喜欢唱歌，喜欢现在疯狂训练的状态，觉得每辛苦一天就离梦想更近一点儿。出道的日子一天天临近，他的心情也随着兴奋起来。不过最近他犹豫了，有些慌张，但更多的应该是不舍吧。不久前他爱上了一个女孩，而公司明文规定不准谈恋爱。

让交响乐先生为难的这个女孩就是跳跳糖小姐。她是交响乐先生的同乡，父母送她来韩国留学。同她的名字一样，跳跳糖小姐性格活泼，爱笑，因家庭富裕她生活品质很高，穿漂亮昂贵的衣服，看喜爱的明星的演唱会。一次偶然机会她遇到了交响乐先生，她爱上他的单眼皮，爱上他跳舞时流下的汗珠，爱上他的一切，她成了他的忠实粉丝，经常去看他训练，给他买热茶，送点心。偷偷地跟他飞回国内，认识了他的父母。得知他父母在老家开了个面馆后，中秋节的时候，交响乐先生不能回老家跟家人团圆，于是作为同乡的她竟亲手做了月饼，带给他的家人。那天一大早，跳跳糖小姐就忙碌起来，用手揉好油皮面团和油酥面团，敷上保鲜膜十分钟，之后将面团擀成圆形，放上豆沙馅或黑芝麻馅，收口朝下，用模具按压，最后放入预热烤箱……跳跳糖小姐每做一个步骤心里就觉得开心一下，为自己喜欢的偶像做什么都值得。现在她还偷偷为交响乐先生学了针织，织起了长长的围巾，只是他现在还不知道。

　　这是一个惊喜。跳跳糖小姐想到这里，不由得脸红起来。她安慰自己：他是我的偶像，作为一个铁杆粉，当然要全心全意地对偶像好，不是吗？尽管他还没出道，但这都不要紧。他那么努力，总有一天会实现他的梦想的。她像往常一样，坐在交响乐先生公司楼下的咖啡厅里等他回家。外边不知什么时候下起了雨，而且越下越大，可他还没有出来。可能真的是自己来的次数太多了，公司里的其他成员都认得她，好心地帮她转告了交响乐先生。

交响乐先生匆匆忙忙从公司出来，发现下雨了，想着容易犯迷糊的她肯定会忘记带雨伞，于是赶紧又折回去，拿了一把雨伞下来。

果真，跳跳糖小姐没带伞，一看见他，立刻蹦蹦跳跳地冒雨跑过来，手里还拿着一条好看的围巾。他心里顿时暖暖的，突然觉得雨中的她很美。雨顺着她的发尖滑落，落在积水的地面上，啪的一声，时间好像就此静止了，像电影里的慢镜头一样，交响乐先生听见了自己怦怦怦的心跳声。那时候他在想：噢，除了梦想，还有爱情是美的。

一把伞下，他们紧紧挨着彼此，走在汉江大桥上。雨下得很大，江上雾气蒙蒙的，像仙境。

跳跳糖小姐说个不停，讲自己学校的趣事，还不时说几个冷笑话逗他。但交响乐先生好像有心事，一路上有些沉默。

说着说着，讲到了彼此的家庭。跳跳糖小姐说："其实，我很羡慕你，你爸爸妈妈很好，家庭也温暖。我父母感情很不好，经常为各种事情争吵，我虽然不用太拼命赚钱养家，但是，我活得一点儿也不开心。"她神色凝重，有些悲伤。

不知为什么，交响乐先生停住了脚步，转过身来，用跳跳糖小姐从未见过的温柔的眼神看着她。他个子高高的，挨她很近，她能真切地闻到他身上的甜橙味，真切地听见他急促的呼吸声。他轻轻地将她搂在怀里，拍了拍她的肩，安慰着。跳跳糖小姐有些恍惚，心跳的声音自己都能听到，这一刻她真的大脑空白，身体僵在那里，手也不知道该放在哪里，这是她经常会梦见的场景。然而这一刻发生的时候感觉像做梦一样。

之后，他把伞留给她，一句话也没说，消失在雨中。

雨越下越大，她的视线模糊了，内心的感觉却渐渐清晰明了起来，原来甜橙的味道就是爱情的味道啊！

风吹过下雨天，有人倾心一见。交响乐先生和跳跳糖小姐恋爱了。

应该说是跳跳糖小姐疯狂地爱上了交响乐先生。她以他的名义，给贫困小学捐赠了图书，在他生日的时候亲手做蛋糕、做礼物，后来留学期满回国后依然经常来韩国陪他。

然而伴随爱情而来的不是甜蜜，他们的恋爱很快被公司发现了，交响乐先生被雪藏了。他越来越少露面，需要进行更严格的训练。如果这是惩罚的话，那么，让他更受煎熬的是和跳跳糖小姐不能再像以前那样有机会见面了。

梦想？爱情？梦想？爱情？……他难以抉择。

一开始，跳跳糖小姐还很执着，觉得只要彼此相爱就没有克服不了的难题。可后来，跳跳糖小姐也不确定了，总觉得这样会耽误他，他为了自己的梦想那么拼命，自己不该让他的努力白费。此刻分开可能也是最好的选择，有这一段感情她此生无憾！

相信时间的力量
它可以像大雨一样
冲洗很多东西。

时间替他们做了决定。他们见面的时间越来越少了，手机联系也不是很方便，慢慢地，交响乐先生似乎不知不觉就消失在她生命中。

这一天来了，他们彻底断了联系，毫无征兆，却又在意料之中。跳跳糖小姐去了文身店，在自己无名指的内侧文了一个人的名字。这是空房的她，唯一能用来纪念和证实的事情。

跳跳糖小姐再也没追过星。

两年后。

跳跳糖小姐在家看着电视吃着橙子，电视上的娱乐新闻播放着：韩国某当红男子天团将来中国北京举办一场演唱会。其中一个男生吸引了她的目光，两年了，他变得更帅气，更有气质，接受采访时也对答如流，俨然一副成熟艺人的姿态，差一点儿就认不出来了。跳跳糖小姐眼眶红了，替他开心，他终于实现了自己的梦想。然而她心里又有些失落，他们再也没有联系，他会想自己吗？会记得那年雨中的拥抱吗？还是自己对于他来说真的就是一个粉丝？她真的好想见他，见他最后一面，哪怕是偷偷的。只是为庆祝他的梦想成真，给这段念念不忘的爱情画上一个句号。

演唱会如期而至。跳跳糖小姐在台下听完了一首又一首歌，每一首歌都带着他们俩的回忆。回忆奔涌而来，她情绪有些失控。台上到台下的距离，是她思念的距离。有时候，不管你做什么，心里却都忘不了某个人。有时候，不管你找多少理由，其实都是在认输。感情里，不管嘴多硬，可真的面对了，才知道自己是一触即溃。她告诉自己永远不要在爱情面前逞强。

演唱会结束后，她有些犹豫，最后还是忐忑地拨通了那串铭记于心的手机号码，没想到通了。

"喂？"电话那头响起熟悉的声音。

"是我。"她说。

世界上存在一个地方，你一直寻找就一定会到达，那个地方是梦想。

世界上存在一个地方，你去了就不再想离开，那个地方是爱情的港湾。

不久，韩国娱乐圈出现重大新闻，某当红男团人员发生变动，有艺人退出组合。

什么样的人生才是完美的，没有遗憾的，我们无从知道。可我们都有权利去选择自己的生活，只要按着自己的心意，一步一步坚定地走下去，就一定能获得自己想要的幸福吧。

跳跳糖融化的瞬间应该是它自己最开心的一刻，所有的等待都是值得的。口腔里发出噼里啪啦的声响，那是它在为自己绽放最完美的烟花。

三杯奶茶三个梦想

透过阳光，
在斜斜的影子里藏着我们的梦想。

Dream

我只想一个人
住在你心里

我有两个女性好友，我称呼她们为蔷薇小姐和百合小姐。

蔷薇小姐一头鬈发到腰，冷艳的单眼皮旁边有颗小小的痣，总是随身带着一个相机拍下她喜欢的事物。

百合小姐像极了韩剧女主角，无论是性格还是装扮，丸子头上总是有一个蝴蝶结，笑起来脸上的梨涡特别明显。

那个时候的我们还在上大学，有大把的青春时光可以浪费。我们经常窝在一家奶茶店，从正午到傍晚。三杯奶茶。有时各自看书不讲话，有时会聊毕业后的去向，有时会聊明星八卦，当然青春时免不了聊梦想。

我："你的梦想是什么？"

蔷薇小姐："我？娱乐圈不适合我，你知道我性格的，妥协不了那么多事情。毕业前把英文学好，毕业后去留学，找个蓝眼睛的外国男朋友，生个漂亮的混血儿，是不是很棒？"

我："确实，穿个旗袍叼根烟，你这长相老外最爱。"

蔷薇小姐："你呢？"

我："咱们学的是表演专业，我肯定毕业之后就一直拍戏啊，然后当大明星。怎么样？到时候爷罩着你们。"

百合小姐："你们两个太好笑了，哪有那么容易实现啊？我啊就希望找一个安稳的工作，陪在爸妈身边，找个爱我的老公一起过安稳幸福的生活。"

前几天北京的首场粉丝见面会结束后我发了朋友圈。她俩的留言让我想到了上面那个情景。

百合小姐："你做到了。"

蔷薇小姐："人生一辈子非常美好的时候会有那样一幕，若干年后几个老友再次相见，然后对彼此说'你做到了'。是啊，想想当时傻乎乎的，我们经常一手拿吃的，一手拿喝的，满嘴油光地炫耀自己的梦想。幸运的是十年后的今天，我们都做到了，原来曾经向往的一切不只是梦。"

毕业后我就开始拍戏，直至今日。

蔷薇小姐回到香港，在一家雪茄店做销售。爱穿旗袍的她偶然认识了一位有着蓝眼睛的芬兰设计师。两人结婚后定居迈阿密。虽然混血儿还没出来，但她告诉我后备箱里要时刻放着泳衣，因为车开出小区就是海边。这不是很棒的事情吗？天天嚷着让我去度假。

百合小姐回到了老家，去当地的电视台做了一名记者，虽然不比大城市工资高，但她真的有一位视她如生命的先生。两人的孩子应该有两岁了，经常在朋友圈晒晒娃，照片里的她笑起来还是有两个好看的梨涡。

你们也做到了，还记得午后的那三杯奶茶吗？透过阳光，在斜斜的影子里藏着我们的梦想。

迷途的羔羊也有吃奶的坚强

好多人都以为这天地是为自己一个人存在的，
当发现错了的时候，便开始长大了。

我想每个人都会有低谷的时期，这段时期感觉做什么事都不顺利，好像没什么开心的事发生，时间也过得无比漫长。

我当时从贵州台离职回到北京，在出租房每天无所事事。想着去拍戏，但已经脱离北京这个圈子两年了，要从头整理所有的人脉关系和自己的状态，谈何容易。我每天接到的面试通知只是各种广告，饮料、咖啡、方便面……

记得一次去面试某方便面广告，面试的帅哥美女已经排到楼下。轮到我时，感觉负责试镜的工作人员也累了，一壶壶烧着开水，一遍遍录着每个人的试镜内容。

我拿着方便面准备泡热水时，工作人员告诉我热水没了，用凉水泡吧。要看的只是表情和状态，有热气效果反而不好。于是我用凉水把面拌开，一遍遍对着镜头露出享受的表情。不过最后这个面试也没成功。

当时每天要面试的广告太多了，十个能成功一个就是万幸。我相信现在很多艺术院校的学生还在面临着这种局面，没办法，学生性价比高。面试多了也认识了很多朋友，我们互相帮助，给对方介绍活儿。一起相约面试，一起坐地铁，一起在地铁里睡觉。

现在这些朋友大多数已经不在这个圈子了。还记得当时有一哥们儿说："瑞，我跟你说，咱要坚持住。没关系、没人脉不要紧，起码咱是专业的。你想，北京每年表演系毕业的人有多少，北电、中戏、传媒、军艺，还有外来的演员，谁都想出人头地。这一路伤的伤，放弃的放弃，能留到最后的就胜利了，所以咱们得坚持。"跟我说这段话的哥们儿现在结婚了，在老家开了家服装店。其实我当时挺感谢他的，起码有人跟你一起，有个奔头。

当时我什么都没有，只有一个不确定的明天和一个不确定的未来。写到这儿突然想到一个小故事，我一直记得。

那年我还在电影学院上学，学表演的人在校期间都想找一些实践的机会，我也一样。我相信现在国贸、西单附近还会有一些人，拿着名片，看到个高、气质好的人便上前说他是某经纪公司的，觉得你有做艺人的潜质，可否去公司面试。没错，我也遇到了。我是属于防备心很强的人，但这次被骗总结下来就是我太心急了。我急于拍戏，急于寻找机会，殊不知自己当时还没有做好准备，无论是在专业上还是对影视圈的了解上。

我走进这家公司，他们表现得很忙碌，有各种电话会议，连聊天内容都是某剧组缺演员，哪个戏要开机。现在想起来，他们真是好演员。

接待人员把我带进了一个房间，里面坐着一位三十出头的女士，黑色毛衣上面披着条有牡丹图案的披肩。她后面有个黑板，上面写着某剧组几号开机，需要的角色名字和年纪。一般的套路是给你介绍公司有多牛，日后发展会是什么样，目前和哪个平台有很好的合作。等你觉得前程似锦的时候，他们会告诉你要先拍一套照片，用于推荐，自然公司不可能给你出这个费用。价格在三千到两万不等，当然他要看你给他的感觉才会报价。

但是她没有，上来直接说："你是专业院校毕业的，我就不绕弯子了。这几天有戏要开机，需要几个演员，我可以把你送进去。但现场拍戏需要演员证，有了证件才能进去，工本费五十。"我脑子里都是可以拍戏的雀跃，马上办了。她做好了证件交给我，接着说要交一千块钱，属于公司的保证金，之后会退还给我。我说要跟家里商量。她表现出的是你尽快，戏不等人；不交也无所谓，那就以后再合作。我出了公司就给妈妈打了电话，把事情原委全部说了一遍。当时的我穷困潦倒，身上只有几百块钱生活费。我大学开始就没向家里要钱了，所以特别难开这个口。妈妈听了之后说，如果你觉得靠谱就交吧，她也不懂。不然怎么办？然后她去银行给我汇了钱。我当时高兴又心酸，高兴的是终于可以拍戏了，心酸的是我知道家里状况不好，生意失败了，妈妈手头也非常紧张。但我平时没怎么开过口，所以妈妈也没表现出什么。

第二天我拿着钱去签了合同，一切都非常顺利。我回家等着新戏开机。中间打过电话，也去过他们公司，他们选择的处理方式就是让我等等。我知道他们是想把我的耐心磨没。

有天，我被朋友邀请去中戏看话剧演出，当时我住的地方离演出地点不远，看完戏已经是晚上十一点多了。我没钱打车，想着走回去。但去过东棉花胡同的人都知道，一个胡同连着一个胡同。对地形不熟悉的我，忘记自己是从哪个口进来的，也不知道从哪个口出去。我走到了一条大马路上，看着来往的车辆，沿着路灯越走越远。想着最近发生的事，在没有人的街上，我崩不住了，坐在马路边抱头痛哭。这个找不到家的小孩心想：为什么北京这么大？为什么这么大的地方却容不下一个我？我现在在哪里？哪里是我的家？连家都找不到了还在这儿混什么？那一刻，年纪还小、未经世事的我，觉得好像全世界都欠我一样。我坐到了凌晨五点等到清洁工上班，擦干眼泪问了路。生活还是要继续，路总归还要走。

多年后我回想这段经历，挺感谢的，这件事让我坚强了，这是实话。如果我一路顺顺利利的，我相信现在一定生活得不咋样。只是挺心疼我妈那一千块钱的，她赚钱不容易。我只上过这一次当，足够了，印象深刻。后来拍了几年戏就知道了，拍戏哪需要交钱，公司签艺人哪会去大街上找。

就这样，那段时间，我靠着拍广告、做特约演员养活着自己，支撑着房租。有天我接到了一档节目的面试，节目类型有点像《天天

流浪之人

身在远方．心系家

望着前方．那么遥远

但却总是流浪人一直

到不了的前方．

向上》那种。记得当时导演组跟我讲，男主持面试内容有三项：幽默感，讲一个动人故事，就当今娱乐圈综艺节目做分析。我准备了很多，做了功课，去面试了。去了才知道，除我之外，来面试的都是传媒大学播音主持专业的学生。论专业、镜头感，我一定比不过他们。人家四年学的就是这个专业，我学的是表演。当时心凉了半截。

但想着来都来了，就拼了。面试结束后，总导演让我留了下来，对我说："我们不是在为央视选主播，节目需要娱乐化。你刚刚在面试时说，要有娱乐精神，这点我很赞同。你说有必要时你可以咬着话筒主持，这句话打动了我。别让我失望。"我特高兴自己能被选上。节目是录播，每周末两天录制四期。其他时间我都在做大量的功课，看了当时所有的娱乐节目，做手稿，背段子。

节目彩排的时候，我压力来了。除我之外，其他人都是一个学校的，他们以师哥师妹相称，聊着我听不懂的校园故事。我跟陌生人没那么容易熟悉，默默地坐在角落里看台本，玩手机。他们的专业确实好，在语言逻辑和表达方面都比我强太多。每期节目中间都会演小品来情景再现，这一块我相对比他们自如些，反应也快些。就这样，我们一期一期地录制着，慢慢都找到了感觉，互相也熟悉了起来。有一期节目是做残障人士礼仪，我们坐在椅子上采访嘉宾。突然一声响，一位女主持椅子上的东西掉在了地上。我们都以为是腰上别的话筒，往地上一看发现是手机。女主持连连道歉。

这一期节目结束后，所有人都回到了化妆间。主持人是台湾资深艺人谢佳勋，最早《正大综艺》的外景主持，也是国际礼仪讲师。亲切的她看到我们每个人都是微笑的，从台湾回来一定会给我们带礼物。同是摩羯座的她对待工作也是一丝不苟，这次她生气了，严厉地教育了女主持，告诉她什么是真正的工作态度，有多少人渴望这份工作，要珍惜每次上台的机会。最后说了句，这个节目只需要我和孟瑞。我当然知道她是在给女主持施加压力，也会有气话成分，但当时我差点哭了出来。我的努力没白费，终于有人肯定我了，被人肯定的感觉真好。这位女主持现在是某卫视的当家花旦，我们一直保持着联系。相信你也会看这本书，回忆起当时我们傻乎乎的样子没？你现在很棒，我们一起努力吧。

虽然节目录制得很顺利，我也一直处于忙碌的状态，但是内心的空虚和没有方向的感觉一直存在。

我想到了佳勋姐，我唯一认识信任的一位在演艺圈数十载的前辈。我想让她给我建议，指引我方向。但我害怕，害怕被拒绝。我和妈妈在电话里聊起此事，妈妈说："你不试，永远不知道行不行，不要怕被拒绝，拒绝了就当没问过。"于是我鼓起勇气，给佳勋姐发了信息，内容是想和她喝下午茶，聊聊天。信息中我也给自己留了退路，说如果时间不允许也没关系，那就改天再约。信息发送成功后大概过了三十秒，佳勋姐的电话就打过来了，说很乐意跟我喝下午茶，第二天下午有三个小时的时间。

我们当时约在一个台湾茶馆，聊了好多。讲到自己现在的迷茫状态，讲到自己的家庭和一度想轻生的想法。佳勋姐说她的童年在日本度过，那时的她和我很像。但人都会长大，身上的责任也会越来越多。我说作为主持人，我总是很不自信，毕竟我不是专业出身。还没等我说完她就讲："认真就是专业。看得出来你们几个人中，你很认真，很努力，也知道珍惜机会。每次开会节目组发的本子你都会带，会做笔记。这些我都看在眼里。"

我沉了口气，问了见面我最想问的问题："佳勋姐，我问您一个问题，您如实回答我。觉得我适合在演艺圈生存吗？可以做艺人吗？就从条件来说。如果您讲还好，我真的可以转行做其他的，我可以继续画漫画，也可以做生意。如果您觉得我适合，那我就再咬牙挺一挺。"

"你很适合，无论外形条件还是内心修养，只差机会。相信我，再努力一下，你可以。"

我浑身充满了力量，在我临近边缘的时候，总会有好心人拉住我，给我鼓励。

"好，佳勋姐，如果有一天我站在领奖台上拿了奖，我一定会感谢您。如果没有您，演艺圈就没有一个叫孟瑞的人。"

她笑着说："想想如果我有孩子，就跟你一样大。加油吧。"

后来每每有一些成绩的时候我都会给她打电话，她总在电话那头欢呼，为我高兴。

　　我很感激在我生命中出现的这些一路给我帮助的人。确实，每个人都有低谷的时候，很多事，换个思维想一想，遇到自己不喜欢的事情也认真对待，可能熬起来就没那么难。迷途的羔羊也会有吃奶的坚强，知道自己想要什么很重要。

　　我的经历跟很多人比起来不算什么，但我学会了沉淀，给自己足够的时间去反思。好多人都以为这天地是为自己一个人存在的，当发现错了的时候，便开始长大了。

我在写书给你看

其实大道理都摆在那里，大家都懂。
有的时候我们是传播者，整理出来分享给大家。

Dream

我只想一个人
住在你心里

　　打开这本书翻到这里，不认识我的你可能对我多少会了解一些，认识我的你可能会更深入地了解一些。

　　我不是在讲道理，我也不是谁，没资格讲道理。其实大道理都摆在那里，大家都懂。有的时候我们是传播者，整理出来分享给大家。

　　小的时候喜欢看明星的专访，听他们讲故事，讲拍戏有多辛苦，有多累，后来怎么克服。那时候听完会觉得浑身有力量，觉得也要做这样的人，什么事情都要坚持。

　　后来自己做了艺人，拍戏是苦是累，但也没什么好说的。就像环卫工人清扫马路一定会有灰尘飞扬，老师手上一定会有粉笔屑一样，只是职业不同。做什么工作做好便是。

　　后来大了一些，喜欢看成功人士的讲座。他们大部分人跟你聊的还是坚持，小部分人会告诉你坚持哪部分，为什么坚持，就像市场上产品开始细分一样。记得看过一本商业书籍讲的案例：当年洗发水市场是各个品牌百花齐放，谁都想占据市场；除了本土的某些品牌独占鳌头，也有外国品牌分取一杯羹。这个时候对于一个新品牌该怎么做？无意从市场营销考虑，只能做产品细分。大家都在做滋养修复的时候，它提出了负离子的概念；这概念在市场上是空白的，谁是赢家显而易见。一个新品牌销量好、宣传好，马上可以成为大家熟知的品牌。那么"坚持"这个名词自然也可以在内心细分。这个时期的我具备了分析自我的能力，坚持不是盲目地瞎坚持，而是要知道这件事情是否适合，有没有坚持的道理。

前几天跟朋友打电话，说了自己的一个想法：可以拍一部电影，关于梦想。朋友说想法是不错，以前对于这样的题材也是热血满满，现在没有那么大冲击力了。

我突然想到自己，是什么这样有魔力，控制、鞭策、督促我一路向前？我想到几个小故事。

很多年前，我受邀主持一台晚会，是连线电视直播，所以不能有差池。

到了现场编导跟我对流程，和我搭档的是位电视台资深男主持。在他面前我是晚辈，必当礼貌相待。编导分配了主持词，开场由前辈讲，说完便是我来接。顺利对完流程、换好衣服上台后，前辈先介绍自己，然后讲他那部分的主持词。我刚要接着讲我的部分，发现他顺便也把我的部分一起讲完了。然后侧头他看了看我，意思是：轮到你了。我在脑中飞快拼接有关这场晚会的内容，没那么精彩地把自己的部分讲完了。

我当时还小，讲实话心里确实不舒服，有种被玩弄的感觉。但过后一想，真的就是在一次次锻炼中自己才会成长。如果一味听从安排，说不定什么时候遇到什么问题，那时脑中没想法才是最可怕的。

我从电影学院毕业后拍摄第一部戏，就迎来了内心的严重受创。哈哈，是不是心思细腻的人总是特别容易受伤，什么事都往心里去。

当时拍摄一场戏，先拍全景，也就是所有人都在镜头里。然后换个场地拍摄我的面部和手部特写。我从来没有拍过戏，对于这样的场景转换拍一样的内容是蒙的。要跟刚才做一样的动作表情，脚下跟着走位。我刚才怎么做的？人在紧张时真是越紧张越出错，一遍一遍下来不是走位不准确就是动作做得不一样。后面的群演也很辛苦，叫苦连连也要配合我站着。导演那边传来叹气声，我开始道歉，希望能再来一次。这场戏怎么结束的我都忘记了，只记得脑海中一直浮现着摄像师那句："你是哪儿的？群演吗？"

当时组里有位演员哥哥，我特别感谢他。回到宾馆后他给我讲解了需要做什么，明天的戏怎么拍，具体到动作都帮我分解好了。第二天没有他的戏，他也来到现场看我演戏。其他演员对我嗤之以鼻的时候，他马上回击："谁都有第一次做演员的时候，你没有吗？"

后来那位哥哥对我说，他第一次从校园出来拍戏也是这样的，也是有位资深的演员不厌其烦地教他。

吃饭的时候，他也主动过来说："这么多哥哥姐姐，怎么一个人吃？来，一起吃。"接下来拍摄很顺利，导演也觉得我突然开窍了。

这件事情现在看起来真的太小了，属于职场新手刚入职的锻炼。但当时我因为这部戏否定了自己，在学校专业课一直不错，怎么会这样？是不是真的不适合做演员？有了这样的想法，我考去了贵州电视台做主持人。所以有时真的不能太早否定自己，不然自己真的会后悔。日后我也经常遇到紧张到不知所措的新人演员，我总会想到那位哥哥对我的帮助，他给我做出了很好的榜样，我会一直这样做下去。

有段时间因为一些不可抗力的原因，我不得不停止演艺工作，自然我的经济来源也断了。相对于刚出道那会儿，我慢慢学会不服输了。我把当时用来付北京房子首付的钱全部投入，开了自己的公司，做起了生意。朋友说我疯了，玩太大了。所有钱都投进去了不给自己留后路，如果失败了怎么办？"那就从头再来，没什么，我也不允许自己失败。"我说这个话不是在讲冠冕堂皇的漂亮话。托马斯·卡莱尔说过："未哭过长夜的人，不足以语人生。"我已经做好了最坏打算，还有什么好怕的？

我一个人开始从市场调查到与厂家洽谈，从产品包装到采购原料，从考察市场到研发产品。大到签几十万订单，小到产品包装后面的每一个字的校对。当时的库房就是我自己的家。我看到自己辛苦做出来的东西，就像看见自己的孩子一样开心。但我真的累了，那个时候每天只睡两三个小时，所以身体有些扛不住了。但出来的成果是好的，当年我的产品销量很好，投资三个月，所有的成本都回来了。

我相信无论是把我的主持词提前讲完的主持人，还是让我差点儿放弃的摄像师，抑或是迫使我不得不经商的种种原因，对现在的我来说，都像那个演员哥哥帮助我一样，让我成长，有所收获，造就了心智成熟的我。现在的我不知道那些人在做什么，还在从事着之前的工作吗？而越来越强大的我，现在正写书给你看。

雨天和星期一

雨天和星期一是绝配。

　　对于上班族来说，雨天，星期一，这两个词搭配起来会让人莫名地想发脾气，总会让我们联想到起床气、水坑、脏裤脚、打不到车。

　　很多时候我们总是抱怨自己得到的太少，给我们的太小，这些东西对我们没用。

　　有一天我抱怨一支洗面奶量太少，又着急没有备用品，用剪刀将它拦腰剪断，发现它的内壁贮存真的是无比丰厚。将挤不出的洗面奶刮出来，居然有半支的量。我不再抱怨。

　　去发现，去挖掘，生活给我们的并不少，并不小，没有什么东西是没用的。就看我们怎么去理解，生活总会给我们惊喜。

　　也许我在星期一的前晚不宿醉，早点睡，第二天起床气就会少一些。也许我在跨过水坑抬头的一刹那，遇见了也在匆忙赶路并未发现撞进我怀里的她。

　　她会为你洗掉裤脚上的泥巴。她会告诉你：雨天和星期一是绝配。

水滴石穿的孤独

只有坚强的人才能活到下一个雨天，
等待雨水在自己身体的一角打开一扇门，
以便带走所有逃逸不出的伤痛。

Dream

我 只 想 一 个 人
住 在 你 心 里

暮城，是一座名字漂亮的北方小城。

我九岁那年被一个女人扯着胳膊坐上一辆汽车。那辆汽车很亮眼，是有钱的人才开得起的。那辆车载着我和那个女人，碾过污水肆意的街道，碾过被风吹落的银杏叶，碾过我身体疯长着的和不怎么幸福的童年，一刻不停地驶离这座城市。

那个女人是我妈，我不恨我妈，爸爸去世后，妈妈很快改嫁了。她一个人养我不容易，总得找个依靠。

那年，这个城里的人都记得，是银杏叶闪着金色光芒的一年；那天，这个城里的人也都记得，是阳光最灿烂的一天。满树满树金色的银杏叶，把直射下来的明媚的阳光打碎，美好的阳光就落到了树下污水遍布的街道上。

那一天就像我的生日。九年前，妈妈把我生下来，生在一家不大的医院里。她说，我出生的时候没有哭。九年后她又生了我一回。只是九年前，迎接我的是笑脸；九年后迎接我的是她那张无助却不流泪的脸。

妈妈的另一段婚姻并不幸福。

在那个破败的尘土飞扬的操场上，我用稚嫩的拳头揍过每一个说我"没人要"的小子的脸。那些被风卷起的沙尘硬生生地打在我脸上，点燃了我每个细胞里寄生的孤独。我也曾用砖头砸碎过每个在背后议论我妈长短的女人家的窗户。那些亮晶晶的玻璃片"哗"的一声碎在地上，和着主人的叫骂声，奏出一支快意而悲壮的乐曲。那时我不认为我幼稚。

渐渐地，没人再理我。在我落寞的青春里，只有恨意陪着我，在我体内燃烧……

上中学的时候，我又搬回暮城，跟外婆住在一起。很多年没回来，很多人都变得陌生，我也不想别人想起我，更不想与他们有过多接触。所以，有人介绍顾水滴小姐给我认识的时候，我只是对她轻轻点了下头，冷落了她伸过来的那只手。水滴小姐顺势把手滑下去，插进裤兜，很自然地掩饰过尴尬，然后她递过一个大大的笑脸说："以后，我们就是邻居了，多多照顾。"

我心里冷笑不屑，表面上回应她一个微笑，算作回答。暮城西路西安街上的一栋白房子就是水滴小姐的家。我听别人说很大，还很豪华。她在我眼里也就是温室里的花朵，是一碰就摔成八瓣的水滴。

"金色阳光"是每个城市都有的那种地方，我们可以叫它休闲场所。人们拿着大把的钞票，卸下平日的伪装，来这里挥洒汗水尽情狂欢。当然，这里不是教堂，所以它的存在也不怎么值得暮城人骄傲。暮城人天南海北闲聊的时候总是刻意不去提到它，然而背地里还是有人乐意拿它说闲话。

一次我放学回家，路旁转角处几个女人唠着家长里短，我恍惚听见她们说："那个女人可不就是图钱。""金色阳光的女人漂亮是漂亮，可惜……""也是，水滴她爸爸不知道怎么想的。"我曾偷偷听到过一些男生在厕所里肆无忌惮聊某些话题，我大概听懂了她们的意思。她们中的一个正说着，斜眼瞥见我背着书包骑着单车过来，立即换了话题。等我骑远了，还飘来小声的几句："可怜。""唉！没人管。"

老实说，长大了一些，我慢慢习惯了这些话。妈妈改嫁后，我一直处于这种被孤立的状态。我想，每个人身边总有那么几个人，他们随口说一些他们认为无所谓的话，却不理会这些话会带你到天堂还是地狱。但是，你必须跟上他们，而且要表现得自己是多么心甘情愿，否则就会被排除在集体之外，就会被遗弃。

生活，是的，总有一天你会发现，它的另一个名字叫无奈。

而水滴小姐不同，她生活在阳光下，温室里，从来就不知道生活的无奈和痛苦。如果这是真的，她会怎样呢？我一路上都在胡思乱想。

暮城不大，只过了一个夜晚和一顿早饭的时间，好像全世界都知道了。

网吧嘈杂、闷热，加上喝下去的两三瓶冰凉的啤酒，不知酒精作

用还是内心躁动，我的身体开始发热，胃里有东西在翻腾。我挣扎着
问了洗手间的位置，然后冲到里面把水龙头开到最大，把脸伸进溢满
水的水池里，这才觉得自己一点点苏醒过来。从里面出来的时候，我
想，我要出去透透气。

这是网吧的后街，也是金色阳光的后街，闭塞的一条巷子。

网吧的后门无精打采地开在这条巷子中，泾渭分明地隔开两个世
界。金色阳光门边放着两个大大的垃圾桶，里面塞满剩菜残羹，飘来
阵阵恶臭。我甚至还从一只垃圾桶里发现了一条只被人动过一筷子的
鱼，那条鱼眼睛突出来，冷冰冰地看着我。

我在门口的台阶上坐下来送一支烟到嘴里，冷风吹过来，我点
了两次才点着。在我的前方是金色阳光的一扇玻璃门，透过那扇玻璃
门，是嘈杂的音乐，是狂乱的人的旋涡。玻璃门前是一小块空地，我
看到一串动物的脚印，然后在另一只垃圾桶旁看到一只觅食的野猫。

我走过去，弯下腰，刚想把那条鱼扔给它，金色阳光的玻璃门
被撞开了，一个女孩从里面冲出来。我躲闪不及，她一下撞在我的身
上，然后被绊倒在地。

那只猫被吓了一跳，大叫一声，跳着逃开了。

我把烟扔掉，站起身来，刚要发怒，发现这个女孩正是水滴小
姐。我看见她爬起来，拍了拍膝盖上的土，埋着头蹲在冰冷的空地
上，双手抱膝，压抑的笑声从嘴里传出来，灌进我的耳朵，顿时让我

有些人天生是没有泪腺的

不知所措。

"你……你没事……吧？"我用手指碰了一下她的肩膀，好像做错事的那个人是我。

她扬起一只手把我伸过去的那只手打掉，然后说："走开……"

冷风打着旋儿吹过来，把她的声音裹在里面，久久不肯离去。被我扔掉的那根烟躺在地上，挣扎着发出微弱的光。我愣愣地站在那里，看着它一点点熄灭。

她抬起头来，用手指把一缕头发挑到耳后。

"能……给我支烟吗？"她问。

"中南海，可以吗？"

她点点头。

我从烟盒里抽出一支递给她，她接过去送到嘴里，然后做了个要我帮点着的动作。我慌乱地掏出打火机，打着。她欠起身子把脸凑过来，然后猛吸一口，那支烟就在摇摆不定的火苗里找到了生命。

"刚才……"她咳了一下，喷一口烟出来，"实在抱歉，你别介意……"

"你看我是小气的人吗……"我努力试图让气氛不那么冰冷。

水滴小姐笑了，然后站起来，长长地呼出一口气。

"有的时候，总是会发生点儿意外，就像人，不知道什么时候就会变……"

说着她又笑了，笑得让人发凉。水滴小姐把烟送到嘴里猛吸一口，扔掉，然后双手瑟缩着抱住肩头。

我知道她在说自己的爸爸，她最终还是知道了。她爸爸爱上了一个女人，一个在暮城人眼里不值得爱的女人。

"那个……"我没有回答她的问题，只是把外套提在手里，"你不介意的话，可以把这个披上。"

"呵……谢谢你……我是说……真的……"她伸手把衣服接过去，然后把自己裹住，"如果……你不急着去哪儿，能……陪我走一会儿吗……"

"嗯。"我脑子还没反应过来，话就已经到了嘴边。我不得不紧随着她，穿过一条条寂寥的巷弄，转过一个个熟悉的街角。

"再这样走下去，腿都要断了。"我为自己答应的事小声叫苦。

"断了我帮你接！"她竟然对我如此蛮横。

金色的银杏叶落了厚厚的一地，踩上去柔软冰凉，吱吱作响。

我咽了口唾沫，快跑两步跟上她。

她却突然停住了，然后慢慢擎起双臂，转过身来对我说："你看，就要下雨了！"

清晰地，有笑容在她脸上浮现。

我相信这样一个说法，有些人天生是没有泪腺的，就像我妈妈，就像水滴小姐；她们所有的痛都困在身体里，一点一滴积压。慢慢地、慢慢地，她们会被伤痛侵蚀，吞没。只有坚强的人才能活到下一个下雨天，等待雨水在自己身体的一角打开一扇门，以便带走所有逃逸不出的伤痛。

我忽略了她的坚强。她迈着大我一倍的步子，从这个城市的一端开始走向另一端，然后大声跟自己说着："没什么大不了！"

我无力地跌坐在水滴小姐两米开外的地方，看着雨水拂过她的发丝，在她的发梢上聚集，然后在她尖尖的下巴上奔流成一条瀑布。最后它们脱离她的身体一刻不停地坠向大地，带着我的呼吸。

这座城，从来没经历过如此大雨。

隐隐地，我听见雨在我耳边说话，它们告诉我，一定不要让她再受伤。我们各自都有着讲不出的痛楚，大雨浇过我们的身体，把我们跟这个世界彻底隔离。我们是两个相互依偎的孤独的孩子，又是同病相怜有短暂交集的陌路人。

"你一直都没告诉过我你叫什么。"她站在雨中对我说。

"石穿。"

无奈的镜子

　　电影，绝对是一些人的伊甸园。从欣赏电影到细味人生的奇幻之旅，我发现现实中未能实现的希望或寄托都能在电影中让所有人如愿以偿，这就是电影触动人心的魅力所在。这也是我爱它的原因。

　　印象中小时候看的电影都是香港电影，那个年代的男神女神真的是被老百姓口口相传的，周星驰、古惑仔、僵尸，让我看得神魂颠倒。现在有时候还是会看看，虽然画面已经没那么清晰，制作看起来也没那么精良，但别有一番风味。其实我没有什么资格去评价一部电影，毕竟不是影评人，并且相信每一部作品都是经过那么一群可爱的人日日夜夜打造的。但作为一个为电影奋斗的人，我有喜欢的影片，有打动我的影片，我愿意讲点儿自己的想法。

　　我本人偏爱文艺片，《被人嫌弃的松子的一生》《天使爱美丽》《甜蜜蜜》《苏州河》我都特别喜欢。当然一些反映社会现状的剧情片也是我的菜。对过于展示英雄主义的片子我并不是特别感冒，所以国外的好多大片我也没有贡献过票房。

记得小时候舅舅不知道从哪里搞来了VCD。那时市场上突然出现了一大批租碟房，几乎每一个小区下面就会有一个。当时我特别爱看香港喜剧，于是租来好多喜剧片看。吴君如无疑是那个时代抹不去的亮丽，我总是被她的表演逗得前仰后合。长大之后了解了电影才知道喜剧片有多难演，才知道什么叫演戏的节奏，什么叫控制。如果吴君如不演喜剧会是什么样？我等到了《岁月神偷》。从知道此片获得香港电影金像奖后我越发想看，在知道成为世博会香港馆的影片后就不得不看了。

吴君如和任达华的演技已是王与后的境界，剧情真是太棒了，让我看到两位演员对演戏的控制和对细节的拿捏，这是人物的塑造。

它不会让你大哭，但是你眼里一直含着泪，它触动心里的每一条底线的境界是挺奇妙的。

小孩头顶鱼缸在屋檐趴着的情景一直在我脑海中浮现。

一个小巷子的一头一尾讲述了一个时代的故事，也烙上了一个时代的印记。巷头巷尾占据着街区最好的位置，也是好的象征。也许在老婆婆年轻的时候，也没什么，只怪时代发展太快，没跟上就被狠狠地甩在后面了。

电影中当吴君如刷着红漆嘴里念着"总要信"，我不禁鼻子一酸，好的演员无论演喜剧还是悲剧都一样，一个动作、一句话、一个眼神就能直击你的内心。

人生总要信，我们往往在艰难或者绝望的时候会道出这几个字。

我们要信什么？是信前方的路或是自己的抉择？后来才知道不管信什么，最主要是信自己。其实也就是"觉悟"二字。所谓觉悟，按字面理解就是见我心，人只要看见了自己的内心，也就知道了良知所在，何去何从。说起来很老套，但，请跟着心走吧。

影片叫我回忆起了早些年的香港，伴随着VCD的影像破碎的记忆一直在拼凑：港姐、茶餐厅、教会、英文歌曲。原来我都记得，记得那些记忆中美好的东西。在那个大时代背景下的小人物确实承载了沉重的担子，现在回首才道：天地无情时光最难留，人生幻梦岁月是神偷。

影片除了反映了当时香港民众的压抑内心和世态炎凉的转变，还道出了真善美的人格。

当吴君如握着任达华的手小心试探地摸着已经被当出去的戒指留下的痕迹的时候，我落泪了，知道最残酷无情的原来是时间。

那种情感的传达不需要表情，不需要看对方的眼睛，大家心里都有一面无奈的镜子。

鞋字半边难半边佳。

什么时候都不要放弃阅读

曾经有个朋友问我，你总说没事多看看书，我想知道看了之后能怎么样，它具体能给我带来什么？

我当时没有回答，不是不想说，也不是不能说，只是不知道该怎么说。因为他还没有体会到读书的乐趣，我说的一切都是白费。

几年后，这个朋友要去跟一位大人物见面，据说约在西餐厅。平时我们吃的西餐都是简化的，但是这种正规的西餐厅还是比较"隆重"的。他来问我需要注意什么，有没有餐桌礼仪。

我告诉他刀叉如何摆放，每个玻璃杯都是装什么的，具体到口布都会"说话"。如果你吃到一半去洗手间，口布应该怎么放——你随便揉成一团放在桌上，你的餐盘可能很快会被收走，刀叉也要呈八字摆在盘子上，口布要搭在椅子上，这样你回来餐食都还在。如果女生用完餐，请将口红抹一点儿在口布上，代表很满意，若口布安安稳稳地折好放在那儿，可能厨师长会出来问您哪里出了问题。

他听了之后说："你的书没白看。"

　　其实不是我们所有人都会遇到这样的问题，有很多人说可能我一辈子也不会走进这样的西餐厅，但是我想说的是，不进可以，但不可以不懂。

　　小的时候，妈妈为了培养我画画，给我买了很多童话书，我看后就开始临摹。初中的时候开始接触言情小说，班上有一本书就传着看。那个时候男生都比较早熟，已经开始懂事，变得躁动不安。哈哈，所以对于这样的小说总是爱不释手。

　　还记得有一次同桌借了好几本，我拿回家放在枕头底下，打算睡前看一会儿。结果妈妈换洗床单的时候发现了，便拿着书质问我："你看这些污言秽语干吗？"我当时心想可别扔了，那都是租的啊。大学的时候我还逗妈妈："记得我初中看言情小说不？现在看您还管不管我了？"妈妈看着电视回答我："其实当时我也没想管你，开卷有益，管他什么书，总比你出去瞎混强，不也挺好，教你点儿交女朋友的技巧。"

　　高中的时候我就开始看武侠小说和青春文学了，每天都沉醉在武侠世界里，觉得自己会武功一样，班上男生也幼稚地拉帮结伙，成立门派。现在想想真的还挺好笑的。当时订购的唯一杂志就是《萌芽》。我也试着投稿参赛，但都杳无音信。不过高中还是在《男生女生》《华夏少年》上发表过短篇小说和诗歌。我记得很清楚稿酬当时有六十块钱，还要拿着回执单去邮政领取。那钱……估计买吃的了。

上大学开始看的书就杂了，要看跟专业有关的书籍、当红的小说、文学作品。图书馆真的是好地方，什么样的书都有，也不需要花钱买。

毕业后我一发小还在上学，当时我住的地方很破，没有网线，窝在屋里也不知道干什么，她每周来我家过周末，在图书馆给我借了好多书，其实我的很大一部分阅读量都是那个时候积累的。两人一个沙发，一个床，各自捧着一本书，读完还互相探讨。这个虚度光阴的时候不再有了。

从小我睡前就有阅读的习惯，并且喜欢纸质的，所以床头永远有本书。有次做噩梦，一个坏人要打我，我在梦里还知道枕边有书，拿起来打他，给他打跑了，你看，书多重要。

如果你正好翻到我这本书，Hi，你好吗？可能他写得很烂，也可能很无聊，或是跟你的品位不符合。但，答应我，善待它，因为它不便宜。但也非常感谢你能够阅读它，毕竟一个男人……咳……男孩，用了好久写的这本书，真的充满了诚意，看我真诚的眼神。

其实读书跟看电影一样，你希望的事情，想了解的事情，在书里都能找到，不然怎么说书中自有颜如玉，书中自有黄金屋呢？不过颜如玉别信，妞儿还是得自己去找。黄金屋我信，脑子里的东西别人抢

把那个阳光沏进咖啡里，

然后把阳光喝下去

不去。有脑子还怕没黄金屋？不过读得越多你的眼界就越宽，自己能判断和决定的事情确实就越多。

记得一次于丹在一个访谈节目说读书的境界，我这里搬来给大家看一下。

"读书我觉得有这么几个很奢侈的地方，比如说在一个灿烂的烈日晴空下，在丽江古城，你背着双肩背包，晃晃荡荡。一天早上，无所事事，在古城找一个咖啡馆那么一坐，就坐在路边，然后你看着一千六百年的大石桥底下那个流水，哗哗的，激流涌荡冲过去，桥头上马帮的布玲珑哐啷哐啷在风中响着。那个阳光，极其奢侈地大把大把洒在你的书上，你喝着咖啡，看着流光飞逝，会觉得浪掷浮生原来这么潇洒，那个时候你会知道，苏东坡说陶渊明，陶靖节以无事为得此生，一日无事，便得一生。浮生啊，原来是可以浪费的，就这样读读闲书（比如这本，这是我加的）。把那个阳光沏进咖啡里，然后把阳光喝下去，让你自己散在光线中，这是一个读书的境界。"

这种感觉真的挺好的，我们一直在路上，每一个今天，都是我们曾经幻想的明天。走走停停，记得欣赏下街边的风景，不是山上才可一览众山小。山下的灯火阑珊处也有大千世界。感受身边的每一刻，真的会给我们惊喜。

什么时候都不要忘记阅读，读书是唯一一件在你寂寞的时候却觉得没那么寂寞的事。信我。

亡心

他们的青春，
也远远比同龄人更加奢侈和张扬。

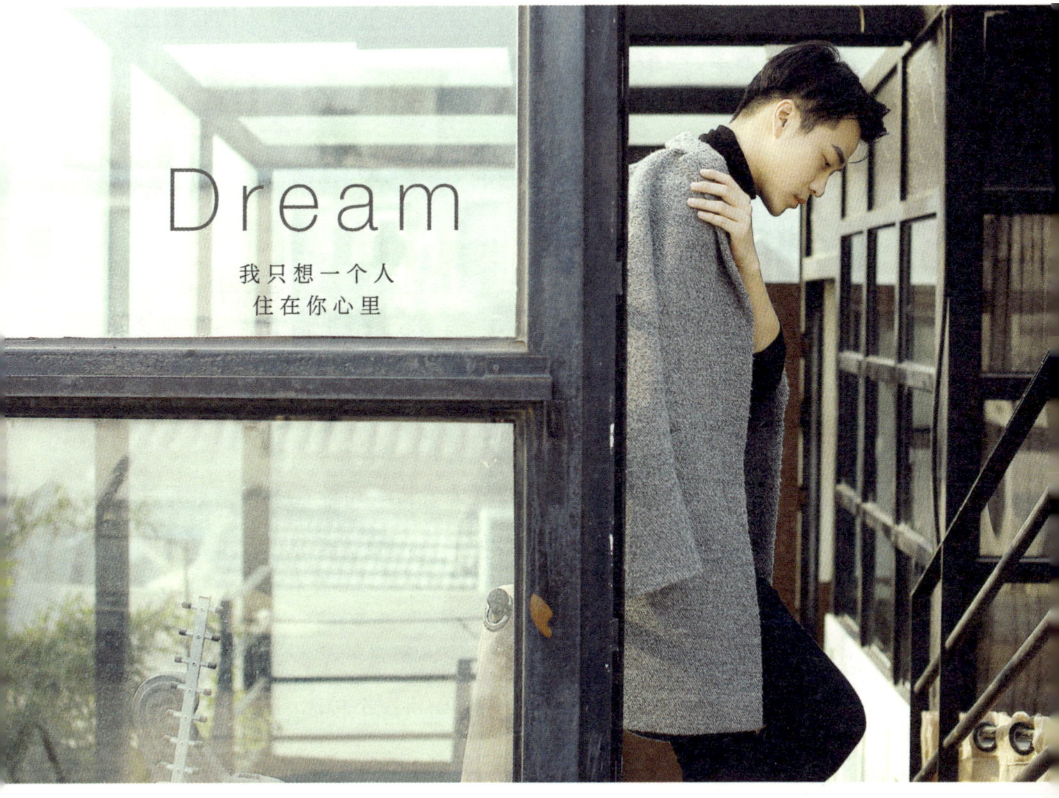
Dream
我只想一个人
住在你心里

世界上没有绝望的处境，只有对处境绝望的人。一个人的心若死了，就如同行尸走肉一般。

苔藓先生那年十五岁。天雾蒙蒙的，夕阳还很清透，洒在每一条大街小巷。

就在这样的一个雾蒙蒙的黄昏，苔藓走在前，她走在后。南方青石板上的积水还没来得及挥发掉，夕阳的余晖从石板上映照到两个年轻人的脸上。她看着走在自己前面的那个背影，瘦瘦高高的，手插在破旧校服的裤兜里，一步一步稳稳地走着。她心跳加速，脸红了起来。这是爱情吗？虽然她什么都没有同他说过。可能很多事情都是注定的，不然为何他一早会给她传来一张纸条：放学后等我。这是要向她表白吧。

她读的高中是当地最有名的贵族学校，昂贵的学费让很多人望而却步，所以只有家境富裕的孩子才有资格跨进这个校园的大门。

他们的青春，也远远比同龄人更加奢侈和张扬。

他们走进了一个胡同，因为浓雾看不清胡同的尽头。苔藓踩了一摊积水，脚上的球鞋被浸透了。

几个月前，看到苔藓穿着这双破球鞋来到教室时，她就知道这个转校生和他们不一样。他是这所学校的特例。大家发现这个冷漠的男孩从不跟他们有过多的接触；放学后也不坐车，而是步行回到一栋破旧的居民楼里。他甚至没钱买新校服。虽然穷，苔藓却比同龄的男生都要招人喜欢。眉宇之间冷峻硬朗，长长的睫毛加上高高的鼻梁，让这张脸精致耐看。正因为如此，班上的男生都觉得他碍眼，放学后经常围着他暴打一顿。苔藓每次都不说什么，咬着牙，鼻青脸肿地往家走。

这样的男生，在班里很招女生喜欢。这些娇生惯养的小姐们见到一个与自己身边那些幼稚轻浮的富二代完全不同类型的男生，自然会被吸引。虽然不可能和这种穷小子结婚，但和他调调情，满足一下自己的少女心，也没什么不好；何况他对女生总是很礼貌。

"你要带我去哪儿？"她忍不住问。

"跟我走便是。"苔藓没有回头，声音有一丝紧张。她是第三个和他来到这个胡同的女孩。他没有想到，女孩都这么容易相信一个人。他妹妹当时是不是也和现在的她一样。

青石板路走起来难免会打滑，她跟在后面慢慢往前走。胡同尽头是一家废弃的零件厂，浓雾遮挡了视线，来时的路已经看不到了。

"进来吧。"苔藓声音很轻，打开门侧身让她进来。零件厂的门关了，漆黑一片看不清其他东西，只有他们两个人。苔藓和她贴得很近。她能闻到他的校服散发出来的香皂味。

"这里是干吗的？没有灯吗？"她伸手摸索着找电源。

"不需要灯。"苔藓在黑暗中发出颤抖的声音。泛着潮湿的空气中传来他粗重的喘气声。

"灯在这儿。"她找到了电灯开关。她甜蜜的声音还没消散，手指还没从开关上拿下来，就被粗暴地推倒了，嘴也用胶带封住了。昏黄的灯光照在苔藓的脸上，他眼中流露出的仇恨打破了她心中所有的幻想。苔藓看着一脸茫然坐在角落里的她，心中的快感战胜了之前所有的罪恶感。苔藓笑了，走到她面前，蹲下，一只手抓住她的两个手腕，另一只手扯掉她的衣服……挣扎啊，挣扎到筋疲力尽；大哭啊，哭得撕心裂肺，这样你我才能解脱。

之前的那个禽兽应该也是这样对待妹妹的吧。苔藓很清楚自己为什么能上这所贵族学校。半年前，被强暴的妹妹哭着跑回家，躲在角落里瑟瑟发抖，母亲号啕大哭，这些在他记忆里都像烙印烙在他胸口上。是他自己无能，才使这个家变成这样。

强暴妹妹的是一个有钱人家的孩子，也是这所贵族学校的学生。妹妹说那天放学后，那个禽兽把她骗到一个仓库，然后强暴了她。苔藓事后几次去找他报仇，都被母亲阻拦下来。顾及妹妹的名声，家里也没去报案。解决的办法就是对方父母将他们兄妹送到最好的学校读书直到大学毕业，并负担所有的费用。他靠着妹妹一生都甩不掉的阴影，上了这所恶心的学校。这所学校的每一个人在他眼里都是罪人，都应该受到惩罚。就是因为这些有钱人，妹妹才承受了这样的痛苦。这些有钱人家的女孩应该受到更痛苦的惩罚。

她没有任何反抗和挣扎，表现得很平静。眼神中没有恐惧，毫不躲闪地望着他，一时间让苔藓手足无措。之前被他带到这里的两个女孩，全都歇斯底里地拼命挣扎反抗，就算嘴上贴了胶带，也能听见她们撕心裂肺的哭声。只有这样，苔藓才能得到报复的快感，才能更加粗暴地进入她们的身体。他要的就是这样，看着平时趾高气扬的她们在他身下变得绝望，变得不堪一击。看到她们流露出的痛苦表情，他心里才会好受。但眼前的她，眼神中没有一丝杂质，纯净得让他害怕。他撕开她嘴上的胶布，一字一句地质问她："为什么不反抗？"空气凝固了，她没有想到事情会发展成这样。但她没有恐惧，因为脑中闪过的全是他美好的样子：自己跌倒后，他帮自己清理伤口时心疼的表情；送自己到校门口，夕阳照在他侧脸上的情景。那时夕阳的余晖好像现在这昏黄的灯光，笼罩着他们。

"如果你喜欢这样，就继续吧。对我来说，这不算伤害。"她说。苔藓的手松开了，缓缓地站起来，他没想到是这样的回答。

"为什么？"

"因为我喜欢你。"

　　他早已死了的心听到这样的话，微微一颤，毫无防备。她那么好，怎会喜欢自己？她应该像其他女生一样，把自己当作一件玩物。卑微的自己在美好的她面前怎么可能平等？她真的喜欢自己吗？当他和一群男生打架的时候，其他女生都在旁边欢呼呐喊，只有她，冲到他面前，把他拽走。身上青一块紫一块时，只有她，给自己拿药。其实苔藓一直知道，她不像其他女孩，只是把自己当作一个调情对象，而是把他当作一个和所有人一样会感到疼痛，会疼痛到撕心裂肺的人。但他不想承认，因为她也是有钱人，也应该和那些目中无人的禽兽属于一个世界。

　　"我讨厌你，讨厌你们所有人。"苔藓咬着牙说了出来，却不敢抬头，因为怕她看出来，卑微的自己也喜欢她。

　　"好，那就向我报复吧。"两秒的沉默过后，一记耳光打向她，响亮又清脆，带着心中的怨恨。苔藓用力控制着所有情绪，就像一直以来，用力控制着自己不能喜欢上她一样。但眼泪却不争气地流了下来。他自嘲地想，在自己喜欢的女生面前哭，真是丢人。

　　"为什么要说这样的话，为什么不反抗，你应该杀了我。"苔藓带着哭腔在恳求，歇斯底里地咆哮着。

　　最终，我还是向你展示了我的肮脏和软弱，展示了我衰竭濒临死亡的心。蜷缩着身体蹲在地上的苔藓哭得伤心绝望，像一个被人遗弃了的小孩。她走过去，抱住了他发抖的身体。过了许久，才靠近他的耳边，说了那句一直想对他说的话："有我陪着你，我一直都在。"话还没说完，他的嘴唇就猛烈地堵住了她的嘴。昏黄的灯光下，本来面目狰狞的苔藓变得柔和而单纯，不顾一切亲吻着她的身体。这是他认为最美好的时刻，要刻在脑海里。苔藓最后还是没有进入她的身体，她哭了。在这个废弃的工厂里，两人赤身裸体拥抱在一起，没有说话，只有空气中传来的呼吸声。

"一会儿穿我的校服走吧。"她之前被撕破的衣服被苔藓紧紧地攥在手里。

"那你答应我，这不是我最后一次见你。"

"我答应你。"苔藓微笑着，最后看了看她，用力记住这个躺在自己怀里的女孩。夕阳的余晖从门缝中透进来，照在男孩女孩美好的身体上。赤裸上身的他穿上裤子，打开门走了出去。

那天之后，她就再也没有见过苔藓。她跑去他住的居民楼，却发现他们一家早已搬走。他就这样消失在这座城市重重的浓雾里。

她有时会拿着那件破旧的校服回到那家废弃的工厂，一坐就坐到天黑，可那件校服好闻的香皂味随着时间渐渐地淡去了。

其实那天苔藓回到家，不经意在门口听到了母亲和妹妹的对话。

"学校一切还挺好？"

"当然了，勾引那傻小子上一次床，就换回这么多。我就说，有钱人最在乎面子，当时就应该向他们家多要点儿。"

"行了，小声点儿，你哥一会儿就回来了。"

浓雾笼罩的不只是城市，还有每个人的心。

苔藓已经忘掉心的位置，在他印象中，心早就死了。

亡心，加起来便是"忘"。

卑贱不过感情

最凉不过人心

消失的胎记

她左眼下方有一块青色胎记，我们叫她胎记小姐。

十九岁的胎记小姐在纺织厂工作，也许她自己知道与其他人的差别，她不爱讲话，把心思全放在工作上，她的手艺与业绩总是令人惊讶。她不炫耀不张扬，上班、回家，两点一线地生活着。

上天不会让一个人一生都过得平淡无奇，在胎记小姐二十岁的时候，迎来了她的婚姻。我们会想对方是一个有着一块胎记或是身体有残缺的人吗？并不会，他是一个阳光高大并深爱着她的男人。他发现了她的与众不同，并不觉得这是缺陷，反而觉得很美。

婚礼很简单，摆几桌酒席宴请亲朋好友，工厂的同事都纷纷送出祝福。胎记小姐依偎在先生怀中羞涩地笑。她有了依靠，有了倾诉对象，这是她人生的第一个男人，她愿意把最好的都给他。

每天先生的衣服都被熨烫得整整齐齐，桌上永远都是两菜一汤配一杯白酒。公婆看见儿媳如此体贴周全，也嘱咐儿子对人家好一些，早日生个大胖小子。

胎记小姐在工厂做活不再低头，不再害怕，她有一个爱她的男人，有一个家，这是最幸福的事。

不幸福的是这段婚姻因为胎记小姐没有生育能力告终。小县城的人对于传宗接代非常介意。先生很平静地接受了这个事实，胎记小姐的天塌下来了。为什么这样的事情要发生在她身上？她不需要荣华富贵，只求像其他人一样就好。

也许她没料到她的人生才刚刚拉开帷幕。

离婚后的胎记小姐受不了厂里人的异样眼光和耳语，她离职了。突然之间她无所畏惧，离开了小县城来到大都市决定自己折腾一下。最先收留她的是一家大型洗浴中心，因为刻苦好学，她从递手牌洗毛巾到按摩捏脚，赚得比工厂多不少。

在这几年里，胎记小姐交到了很多来城里打工的姐妹，她们住在统一安排的宿舍里，聊家乡趣事，聊穿衣美容，聊男人。她也正视了自己的胎记，姐妹们也经常介绍各种药膏、仪器，胎记小姐一一尝试。不知是不是心理作用，她感觉眼角的胎记变淡，但还是习惯用刘海儿遮挡一下。

洗浴中心来来往往的人很多，鱼龙混杂。胎记小姐认识了一位大学教授。他倾听了她的经历，觉得她一个人在大城市里打拼，很不容易，便隔三岔五请她吃饭，带她看电影、看话剧、看画展。是他让她的业余生活安排得满满的，不再枯燥。胎记小姐很喜欢和他在一起，每次听他讲话都觉得自己有提升，见了世面。她开始依赖他。

一天，大学教授邀请胎记小姐去家里做客。这让她不知所措，赶紧让姐妹们帮忙挑选衣服，化妆。她人生中第一次穿了高跟鞋，为了防止出糗，在宿舍来来回回走着练习，扎起了马尾，还是放下刘海儿挡住了胎记。

一室一厅看起来并不大，家里非常干净，仿佛不曾有人居住一样。床上被褥折叠整齐，床头放了几本书，温馨又有格调。胎记小姐看这个家看得入神。

"开饭了。"大学教授端着一道菜从厨房走出来，桌上放着两副碗筷、两杯红酒。

"以前都是我做饭给别人吃，第一次别人为我下厨。"胎记小姐拉出椅子坐在餐桌前。

"我还挺喜欢烧菜的，就是不知道合你胃口不，上海人嘛，口味可能偏甜。"大学教授端起红酒杯，"来，欢迎你来我家，如果有机会，希望以后经常来，你也可以住进来。"声音越来越小，但胎记小姐却听得真真切切。她干了红酒。在这样的城市，能有一人担心你的温饱，有一个家门为你敞开，够了。

这一晚胎记小姐和他在一起了。他的修养、他说话的声音、亲吻她时的温柔都是要命的死穴。

没错，她从宿舍搬进了大学教授的家里，两人同居了。

胎记小姐的爱情没有走进死胡同，是有人接受她的。有些男人爱你，是想和你过一阵子，比如她前夫。有些男人爱你，是想跟你一辈子，比如大学教授。因为他把爱她的力气放在了生活上，照顾她的起居，为她做饭，细心呵护她。胎记小姐辞去了洗浴中心的工作，专心在家做起了全职太太，负责每日吃喝的支出。没有工作的她把积蓄给了他保管。

大学教授在一家美容院给她办了卡，胎记小姐定期去用激光治疗去除眼角的青胎，几次之后青色胎记变成了红色，没从前那么扎眼了，虽然没有完全消失，但确实减淡不少。胎记小姐觉得遇上大学教授后所有的美好才刚刚开始。

她从美容院出来走进了菜市场，决定今晚为他露一手。菜贩面前的蔬菜青翠欲滴，格外悦目。

哼着歌，拎着蔬果的胎记小姐打开家门的那一刻傻眼了，房间仅剩一张床和家具，其他全部不见了。

她连忙给大学教授的学校打电话，传达室给出的答案让她彻底死心，这所大学从讲师到教授并没有这个人。

胎记小姐拿着电话目光呆滞。她该怎么办？她该找谁？她其实不

每个人都湮灭在时间的洪流里

怕被伤害，从小到大，她经受的各种眼光、命运的不公、婚姻的失败都没有打倒她。但她怕的是伤害她的人是那样掏心掏肺相信过的人。这种感觉就像带你上过天堂的人，现在亲手推你进地狱。

　　胎记小姐恍恍惚惚地走回了洗浴中心，这个她人生重新开始的地方，他们初识的地方。她找到了姐妹讲了事情的原委。伴着姐妹们的谩骂叹息声，胎记小姐流下了眼泪。这眼泪尤其珍贵，在她受尽白眼时她没有落泪，在她离婚时她没有落泪，在她得知自己不能生育时她没有落泪，但在她深爱的男人抛弃她，拿走了她的全部积蓄时，她落下了这滴泪。这是撕心裂肺后从身体内挤压出的没有颜色的血液。

　　最坏的结局就是从头再来，胎记小姐问姐妹们借了钱，批发了很多T恤、夹克衫。从练摊开始，她下海了。她的性格随着年纪增长变得开朗许多，每天在吆喝声中度过，生意很红火。她补了房租继续住在那一居室里，从哪里跌倒就从哪里爬起。这个屋子里满是回忆，为了不让自己痛苦，她便很晚回来，很早出门，只是再也没见到"大学教授"。

　　在成千上万个日子里，胎记小姐匆匆地过生活，赚钱。过去的日子像薄薄的雾，仿佛被风吹散了，被雨淋湿了，听不到脚步声，一切在静默中进行。

　　转眼间，胎记小姐三十岁了。生意已经从练摊变成了在商场里设摊位，她也练就了迎来送往的好本领，只是再也没听她谈起过感情。姐妹们各自发展也不错，叶子开了烤肉店，桃子做房产中介。

　　"你不能一朝被蛇咬十年怕井绳啊，该找个人了。"桃子在摊位旁涂着指甲油对胎记小姐说。

　　"我都这把年纪了，还不能有孩子，谁会要我？就这样吧。"

　　"该来的早晚会来，一个萝卜一个坑，你别排斥啊。"

　　"我没排斥，一直忙也没精力，再说，也没遇到啊。"胎记小姐熨烫完衣服挂起来。

　　"这衣服多少钱？"

　　胎记小姐回过头说："这件吗？哥你先试试，穿着合适再说，价钱好商量。"她赶忙把衣服从衣架中抽出。

　　"不需要试，直接告诉我最低价钱，合适我就买了。"

　　胎记小姐第一次遇到这样的顾客，僵在那里。

　　"哦，这件两百，最低。"

　　"好，给我包起来。"男人付钱拿着衣服走了。

　　"你这儿卖衣服这么容易啊？"桃子打趣道。

　　"有钱人呗，跟咱老百姓不一样，一会儿吃啥？去叶子那儿烤肉？"她晃着手里刚拿到的钞票笑着说。

　　"又去捧那个死丫头的场，她修了什么福？"

从那天开始，那个男人每周来买一次衣服，一来二去跟胎记小姐熟络起来了。后来她得知他是个房地产开发商，身上从上到下一身名牌，皮鞋永远锃亮。

胎记小姐知道房地产先生的用意。作为女人，虽然她渴望被爱情灌溉，但她真的怕了，不敢爱了。

房地产先生与前两位不同的是，他很会保持和胎记小姐的距离。这可能也是他成熟稳重的地方。在她需要一个人静静的时候，他绝对不去打扰。她觉得孤单寂寞时，他总会把场面搞得热闹疯狂。他会教她如何生活、如何理财，怎样让自己过得充实。两人在一起没有恋人那样的浪漫甜蜜，却像老朋友一样互相倾诉、帮忙。小到家里换灯泡，大到资金周转不开，房地产先生立马出手相助，并给出更好的解决方案。

姐妹们打趣道："你们什么时候结婚啊？"

胎记小姐都是笑笑不答。房地产先生则是宠溺地看着她说："她开心就好，形式不重要。"

胎记小姐以前一直在追求幸福，没有安全感地寻找归宿。其实幸福就像掉到沙发下面的一颗弹珠，你专心寻找，怎么也找不到，等你淡忘了，它就自己滚出来了。胎记小姐的生意慢慢地从一节摊位变成了三节，房地产先生的项目也落定了。

生活在平淡中进行，每个人或许都过着自己想要的生活。你可以不满，因为今天一直在下雨。你可以发牢骚，因为自己胖了几斤。你可以微笑，因为正午阳光很暖。你可以满足，因为相对自己过去狗屁的生活，至少现在还有温馨。

胎记小姐想在这个城市有一个真正属于自己的家，把想法告诉他之后，得到了认可。

房地产先生隔天送来了楼盘资料，让她选择一个自己喜欢的户型，并告诉她，这个项目是他负责的，所以会有很大的折扣，他想送她一套。

胎记小姐拒绝了，她不想亏欠任何人。她知道拿别人的手短，不想要求什么，有他这句话足矣。胎记小姐拿出了六万块钱头款，房地产先生觉得伤害到了自己的自尊心，两人长谈之后，他无奈地给她开了收据。

在大城市有一套属于自己的房子是每个人的梦想。因为无论多苦多累，有一盏灯永远为你亮着，它不会嘲笑你，不会抛弃你，不会欺骗你，它永远都在等待你。胎记小姐打拼这么多年，用辛辛苦苦一点点积攒的钱换来一个房子，她觉得值得。没有人可以回到过去重新开始，但谁都可以从今天开始，书写一个全新的结局。

只是结局似乎出乎意料：房地产先生消失了。

叶子老公在税务局上班，告诉她买房收据是假的，胎记小姐此刻特别想笑，笑自己的无知，自己的信任，自己的没记性。

　　这次她不想服从上天安排，开始满世界寻找他。她内心暗自发誓再也不谈狗屁感情，她只想拿回自己的辛苦钱。

　　两年过去了，胎记小姐着魔一样没有一刻放弃，全身心地扑在这件事上，商场的摊位从三节变成了一节。她的心病不是远方难以攀爬的高山，而是鞋里的一粒沙子。她不理姐妹们的劝阻，一定要把这粒沙子抠出来，扔掉。

　　"我看见他了。"桃子在电话那头情绪很激动。

　　"好，我过去。"胎记小姐听完拿起手边的外套冲出门。

　　两年多了，她终于找到他了。

　　胎记小姐穿过一座高楼的门洞，旁边是堆满灰尘横七竖八的自行车。伴着脚下煤渣吱吱的声音，她看见他了——一身沾满油渍看不出颜色的工作服，被锅炉熏烤满脸胡茬、黑红的脸，脚边有吃剩的饭菜和空酒瓶。这个一铲一铲把煤倒进锅炉内为楼房取暖的锅炉工人就是和她彻夜长谈梦想，在她耳边呢喃温存的"房地产先生"。

　　两人对视很久没有讲话。

　　"我在婚纱店租名牌西服那一刻，脑子里是咱们结婚的画面。"

　　"你不用说了，那些不重要，把我的钱给我。"胎记小姐根本听不进去原因、借口。

　　"我没有那么多钱，我知道你一直在找我，别逼我了。这样吧，你给我一天的时间，明晚来找我吧。我去借一借。"

　　"好。"胎记小姐转身离开这个肮脏的地方和这个肮脏的人。

　　叶子烤肉店内，姐妹们听完目瞪口呆。

　　"这是电影里的情节吧？"

　　"把钱拿回来就好，别理他。"

　　"他要是不给你，我们帮你要。"

　　胎记小姐第二天晚上如约去找"房地产先生"拿钱。

　　只是再也没有回来过。

　　胎记小姐连同她脸上的胎记一并消失了，没人知道故事的结局，以后也没人再提起，因为每个人都湮灭在时间的洪流里，自己的故事里。

　　生命，本是一次旅行，我们走过的风景，见过的人，谈过的爱情，交过的朋友，额头爬满皱纹的脸和脸上不能消失的胎记，终有一天消逝不见。生与死，寂与悲，苦与痛，爱与恨，都是命运向我们开出的课题，是这趟旅行的必经之路。

戴着白手套的面具先生

有时没有刻意去想念你。
只是在很多时候，想起你，
比如看一部电影，听一首歌，走过一条马路，
或者现在这个酒精冲击大脑的瞬间。

Dream

我只想一个人
住在你心里

　　"交通拥堵，是现代化大都市共同面临的一个难题。发达的轨道交通系统，是东京缓解拥堵的利器。据统计，不爱给别人添麻烦的日本人，每天有二十多人选择卧轨自杀。站内广播会通知，前方有卧轨事故，听到通知的人表现得很平静，见怪不怪。处理这种事情一般只需要二十分钟就能全部搞定，使车辆恢复正常运行。"文身先生熄灭烟，合上笔记本电脑。学新闻的他对常规的新闻报w道兴趣不大，反倒是对这样视角独特、关注点不一样的报道比较有兴趣。

　　身为一名资深背包客，行李不需要收拾。订好机票，把猫粮填满，给绿植浇水，拿起他的家伙——相机，出门。这一系列动作一气呵成。

　　文身先生是一名旅游摄影师，靠给杂志、出版社提供图片过活。二十八岁的他喜欢全世界的风景。女友因他没有稳定的收入，不适合结婚，和他分手。在他看来，享受生活，做自己想做的事情便是人生的"稳定收入"。

　　他学新闻却从事摄影工作的原因是他不相信新闻。他认为自己亲眼看到、亲自拍到的新闻才是有价值的。他的左胳膊文的是古希腊图腾，由一对翅膀和看不懂的字母符号组成。好多人看到这样的男生会说："这是坏孩子。"但他有主见，善良，孝顺，读书多。因为看不惯很多事情，讲话很冲的他确实遇到了很多阻碍，每到这时他都会嗤之以鼻："爷不稀罕。"

哥们儿逗他说："你真坚强。"

他说："坚强的另一个名字叫硬撑。"

二月份的日本虽然冷却很温和，风吹在身上不觉得刺骨。文身先生拉高了衣领走出机场。他预订的酒店位于新宿，从羽田机场坐空港国际线需要四十分钟。这是他第一次来日本，以前都是从漫画书里看的，这次准备好好感受一下这边的人的生活态度，用相机记录下来。

文身先生大学辅修的是日文专业，虽然讲起来蹩脚，但正常沟通没什么问题。办好酒店入住手续，他便到房间休息。房间非常干净，两盏泛着黄光的台灯映出一张大的双人床。木质圆桌上摆着一个插着鲜花的复古花瓶。卫生间有一个大的浴缸，对面便是东京的夜景。他洗了澡，穿上干净的衣服带上相机出了门。这是到一个新的城市该走的"程序"。

酒店楼下停着许多出租车，司机有的倚在车上吸烟，有的坐在车里休息。他们都戴着白手套，看起来干净整洁。早就听说在日本打出租车很贵，文身先生还是坐上了一辆。司机礼貌相待。日本出租车司机的年龄都很大，白发苍苍。之前新闻做过报道，说这是给老年人提供再就业的机会，况且有很多年轻人也并不喜欢从事服务行业。文身先生问起司机，司机笑而不语。

东京的夜生活当属歌舞伎町一番街。这里有形形色色的人、餐馆、酒吧，以及让人眼花缭乱的俱乐部的广告牌。司机先生说了句"这是日本第一欢乐街，祝您玩得愉快"，便开车离去。文身先生没有理会过来搭讪的陌生人，随便找了一个酒吧就钻了进去，叫了烤鸡肉串和加热的清酒。听着旁边传来情侣的嬉闹声，突然觉得自己还蛮孤单落寞的。他拿出手机刚要拨通前女友的电话，想了想又放回去。不知道说什么，只是想听听熟悉的声音，其实真正想拨通的，是自己心底的一根弦。

"有时没有刻意去想念你。我知道，遇到是缘分，错过就需要释怀。只是在很多时候，想起你，比如看一部电影，听一首歌，走过一条马路，或者现在这个酒精冲击大脑的瞬间。在一起一年，两年，三年，牵手走过无数春秋，体会了无数次嬉笑打闹、生气冷战，最后和你牵手走进婚姻的人，不是我。愿一切安好。"文身先生选择将心里话永远埋在心底。一壶清酒穿肠过，他埋了单，起身踉跄出门。

出租车司机戴着白手套笑容可掬地为他开车门。文身先生上了车才发现这位司机是个跟自己年龄差不多的人。他借着酒劲不礼貌地问："我很少见到日本有年轻人做出租车司机。"

司机笑了起来："您这不是见到了吗？每个行业总要有人从事，这只是工作。先生喝了很多酒，一定有什么开心的事吧。"

"喝酒除了为开心的事也为难过的事，想听个故事吗？"

"当然。"司机微笑地看着他。

"我和她认识是在……"文身先生不知为何会向一个陌生人讲起自己的事情。可能因为完全不认识才会无所顾虑，可能觉得面善投缘，也可能自己真的喝多了。

随着一滴泪滑落脸颊，酒店到了，断断续续的故事也讲完了。两人都没有说话。

"先生，您到了。"打破沉默的是司机。

"好，谢谢你听了一路似懂非懂的唠叨，我日文并不是很好。"文身先生不好意思地说。

"每个人都有故事，有机会给你讲我的。早点休息。我叫石田，很高兴认识你。"石田摘下白手套向文身先生伸出手。

"好，明天我想去秋叶原转转，你有时间吗，石田君？"文身先生和石田握了手。

"愿意为您效劳，十点钟在这里等您。"

在记忆深处可以清晰地看见许多事情，许多开始是模糊的样子，后来慢慢变得清晰起来，但一切都只是泛黄的回忆。有人选择用文字扫除心中的落寞，也有人用相机记录思绪的肆意飞翔。我们都走在一条宁静的路上，相信着美好。没有理由不快乐，因为还活着，还可以放心地抽烟喝酒。有时候相信什么，什么就是你一切的动力。

文身先生早上醒来头还是沉沉的，一看手表九点半了。突然想起昨晚约的车，于是赶紧起床洗漱，换衣服，拿着围巾和相机急匆匆出门。走出酒店大门，石田已经站在车前等候了。看见自己走出来，石田迎了上来："昨晚睡得还好吗？"

"不赖。"

出租车行驶在马路上，时而变换的红灯让文身先生可以按下快门键记录这繁华的都市和忙碌的行人。

秋叶原是日本著名的二次元商品集散地，有各种数不清的动漫手办、数码产品和街上cosplay的元气少女。石田给文身先生简单讲解，陪他买了相机的镜头便开车去了一家面馆。经历了从自助贩卖机买饭票到选择面的软硬度和汤底的浓淡之后，两人终于坐在了位子上。

"今天我请你吃拉面，这在日本很有名，叫一兰拉面。"石田边说边坐。

"谢谢你，我仿佛认识了个导游。"文身先生哈哈大笑。

"既然这么说的话，那快吃吧，时间不早了。吃完我们可以去浅草寺看看，我开动了。"石田说完大口吃起来。

如果每到一个国家都有一位像石田一样的朋友该是多么美妙的事。虽然车费很昂贵，但作为本地人的他会给你讲解当地的风土人情、美食和社会现象，让你对陌生的城市不再陌生。了解一个城市要先从了解这个城市的人开始。石田谦和认真，对人礼貌热情。文身先生对东京有了好感。

浅草寺是东京历史最悠久的寺院。虽被重建过多次，但门口挂着"雷门"两字的巨大红灯笼依然让寺院显得庄严气派。前来朝拜的香客人山人海，想了解日本民族文化来这里确实不错。

文身先生在门口拍摄了一些寺院建筑风格的照片，收起了相机。石田拿来香火，两人进入寺院。

"你觉得许的愿望会实现吗？"

"如果所有愿望都会应验的话，那这个城市的主要建筑应该都是寺院吧。"石田时刻都保持着微笑。

"那为什么还会有这么多人来膜拜许愿？"文身先生继续问。

"每个人的想法不一样，相信大多数是一种精神寄托，更是一种信仰。如果人没有信仰该多可怕。"

"是啊，人没有信仰是挺可怕的，你的信仰是什么，石田君？"

"我？开心最重要吧。我需要每天让自己开心，哪怕不开心，我也要微笑。这样就能时刻微笑着面对生活，微笑着面对世界。"

"那你有没有觉得我们每个人在社会上生活都像戴着一个面具，用面具去和人交流攀谈，处理各种事务，努力成为别人眼中优秀的人？"

"然而我们戴久了面具，等摘下来的时候却发现，我们的脸已经和面具一样了。"石田回过头望着他。

文身先生没有讲话，微笑着看眼前这个同龄人。生活总是如此，掺杂着喜怒哀乐、悲欢离愁，有低谷，有高潮。别人眼中优秀的人是什么样子，很难有一种准确的定义。可能只有你成了这样优秀的人，然后才能从别人眼中、口中得知。

出了寺院已是黄昏，石田开到了江之岛，从后备箱拿出几罐啤酒。

"你应该喜欢这个时刻的江边。"说着他坐在石阶上开了一罐啤酒。

"你可以喝酒？不开车了？"

"今天的客人就是你了，一会儿叫个代驾服务便是。"

江边有几个排练的年轻人，弹着吉他，哼着歌。一阵风吹过，文身先生收紧衣服，坐在石田旁边，喝着啤酒看着远处的几个年轻人。

"讲讲你的故事？"

"我是一个再平凡不过的人，挺无趣的。父亲因车祸去世，母亲是家庭主妇，妹妹每天沉迷于恋爱，经济来源全落在我身上。你那天讲起你的她，其实我也有个'她'。我们是同学，在一起八年了。她很贤惠，也很孝顺，在我忙不过来的时候经常帮我照顾母亲。只是她的家人一直反对我们在一起，他们把她关在房内不让我们联系，哪怕她已经怀了我的孩子。我和所有的朋友都断绝了联系，拼命地打工，想着如果有了很多钱，我们便可以在一起了。但我没等到那天，她带着我们的孩子永远地离开了我。"石田喝了口啤酒，眼睛泛泪望着江边。

"是个男孩。"

文身先生没有讲话，此刻讲什么都是多余的，他的手在石田背上拍了两下，能做的只是聆听和陪伴。

"今天是我讲话最多的一次，世界好奇妙，我可以和一个外国人讲这么多。"石田拿啤酒碰了下文身先生的啤酒。

"中国有句话：男人之间的友谊，只需要它。"文身先生举起啤酒。

"明天我带你去富士山吧，来日本还是要去看一下的，不收你车费。"

总有许多偶然和巧合，两条平行线也可能会有相交的一天。文身先生很庆幸在日本能有位可以交心的朋友，让这趟旅行变得更有意义。

石田说自己是平凡的人，可世界上最永恒的幸福不就是平凡？白开水虽索然无味，却也有它的沉淀，岁月不会白白流逝。

石田剪了头发，整个人看起来干净清爽。

"变帅了。"文身先生上车后拍着他的肩膀说。

石田把车上的音乐开大，重金属的嘶吼。一路上他们抽着烟，大笑地聊着天。交换了电话号码，相约一起去旅行。在富士山下泡了温泉，吃了新鲜的生鱼片和炭烧烤肉。在路边买了切片水果，谈论着各自喜欢的体育项目和旁边走过的漂亮女孩。这属于两个男人的狂欢。

拥有一个好朋友，比拥有一段感情要平实得多，感情每用心投入一次都是伤害，朋友则不同。我们总是靠着外在的麻醉和热闹来感知自己的存在，却忘记了身边已有三两个人可以把酒言欢，聊聊心事。

文身先生很早起床，这是他在日本的最后一天。刮了胡子，穿了件白毛衣，拿起相机翻看这几天拍摄的内容，脑子里计划下次来让石田规划路线。

十点钟出了酒店大门，他没有看到石田。

"这家伙今天居然迟到了，可能昨天太累了。"文身先生想着便拨通了电话。

"你到哪里了？石田君。……对不起打扰了，您是？"对方是一位女士，文身先生很惊讶，以为拨错了号码。

"我是石田的母亲。"对方的声音很疲惫。

"我们约了今天见面，他是手机落在家里了吗？"

"没有，石田他……"文身先生的瞳孔从微张到放大，从不知所措到眼神迟滞。

石田在昨晚卧轨自杀了，没留下任何遗物。他走得很潇洒。文身先生在江边坐了一天，他们在这里分享过彼此的故事。外表看起来开朗爱笑的石田，临走前终于找到了倾诉对象。几天里享受了除家庭和社会压力以外的自在，他解脱了。他选择了以这样的方式和文身先生告别。

他们还没有一起去旅行，没有见证彼此的婚礼，甚至没有一张合影。

回国后的文身先生依旧过着平淡如水的生活。他偶尔望着抽屉里的白手套发呆，偶尔翻着相机里的照片微笑。"愿你和你的妻儿在天堂幸福，再无烦恼。"

我们一生会遇到很多人，擦肩而过却没有一刻的眼神交流。有些人原本是生命里的过客，后来却成了我们记忆里的常客。

"戴着白手套的面具先生，你叫石田，曾给我美好的回忆和笑容。"

无根萍

无根萍是世界上最小的花，十二株无根萍加在一起也就大头针针尖那么大，它看似渺小，然而生命力顽强。

鱼丸小姐出生在河南的一个小山村，父母都是农民，还有一个弟弟，一家人过着朴素平淡的生活。她是那种放在人群中就会被埋没的人，相貌普通，身材普通，一切都很普通。但她性格开朗热情，有个好人缘。听到一阵爽朗的大笑邻居就能判断出鱼丸小姐回来了。她小的时候就爱模仿，看到电视里的小品总能学得像模像样，慢慢地，村里有什么活动都会让她参加，她成了村里家喻户晓的"明星"。

二十岁的时候鱼丸小姐一个人来到了有"中国好莱坞"之称的横店，她要做一名真正的演员。家里人全部反对，说她不自量力，痴人说梦。但她真的太喜欢表演了，表演带给她的乐趣是这二十年来最享受的事情。她喜欢到疯狂的程度，所以无论别人怎么劝阻，她还是来了，开启了她的寻梦之旅。

　　她先找到了一个合租房住了下来，同屋住的是一个一百八十多斤的胖女孩，叫珍珠。

　　知道珍珠也是演员，鱼丸小姐特别吃惊，这么胖也可以做演员？珍珠说自己也非常喜欢演戏，像自己这样的在这个圈子里叫特型演员，很多剧组会需要，价格也不便宜。鱼丸小姐心想：长知识了。于是她跟着珍珠去办了演员证，加入了工会，就在家等着导演来通知面试拍戏。

　　两周过去了，看着珍珠每天都出去拍戏，她特别着急，她还没接到任何导演的通知，连面试都没有。她身上带的钱不多，如果再这样下去，过不了多久自己就要回老家了。

　　珍珠知道后，跟她说："演艺圈没那么好混，能否演上戏首先要看导演觉得你适合不，如果这个角色谁都可以演，那拼的就是跟导演的关系。这样吧，今晚我约一个副导演出来，他手里的戏特别多。你请他吃个饭，给点好处，让他多想着点你，看看行得通不。"鱼丸想了想，难得珍珠愿意介绍人给自己认识，不管怎样都要先拍上戏再说。

　　"好，谢谢你珍珠，你对我真好。"

　　"都不容易，咱俩又不是一个类型，没竞争。能帮一把是一把。"

　　晚上他们约在一个火锅店见面，鱼丸小姐把自己的想法跟副导演说了一下。

　　"妹妹，看你人也挺实在的，这个圈子可没那么好混，你现在能演的角色，讲实话谁都能演。所以自己要多争取多锻炼。"说着把鱼丸小姐给的一千块钱放进了包里，接着说，"明天有个戏缺个宫女，你来吧，好好表现啊。我还有事，你们吃吧，别浪费，明儿见。"说完副导演起身拿包走了。

鱼丸小姐兴奋得一个晚上没怎么睡，第二天一早就到达了剧组的化妆间。化好妆做好头发她便坐剧组的车前往拍摄现场。到了现场和一群"宫女""太监"等待服装师分发衣服。鱼丸小姐穿上了服装，看着镜子里的自己，挽起的头发上插了发簪，粉色轻纱的衣服随风飘动，仿佛自己真的回到了古代。她脑中回想着在电视上看过的古装戏，想着人家是怎么走路、怎么讲话的，一会儿一定不能演不好。

"准备下一场！"现场导演喊了一嗓子，大家纷纷忙碌起来。鱼丸小姐第一次见明星，她看傻了，心想什么时候自己才能这样。她所演的就是这位漂亮有气质的女明星的侍女，虽然没什么台词，但鱼丸小姐的表演还是可圈可点。演完一场，她紧张地问女明星自己的表现怎么样。女明星看了看她："挺好的，有点紧张，再放松一点儿会更好。看得出来你跟其他群演不一样，他们在混日子，你挺认真的。但你要做好准备，想清楚到底有多喜欢这行，能坚持多久。你的长相比较平凡，很难有重要的角色，所以在专业上你就要比别人好才行。你看，像他们这样的特型演员好多戏都需要，也体现了自我价值。你需要找到自身价值，为什么人家要用你，对吧？加油。"

鱼丸小姐回到房间躺在床上想着女明星的话。自己不是专业学演

戏的，形象气质也很普通，怎么会有重要的角色找自己呢？但是内心
喜欢演戏的那种感觉没办法抑制，不能因为这样就放弃了。她想了整
整一个晚上，再这样下去没出头之日，她像是钻进了死胡同一样，针
对一件事反反复复地琢磨，最后她做了一个决定：要把自己变成一个
胖子，成为特型演员，这样就告别了平凡普通。她要做横店第一胖，
演不了女一号，起码到时候不是群演，角色上会出彩儿。她要顽强地
在这个地方生存下去。

鱼丸小姐开始每天吃大量的东西，零食或垃圾食品。体重确实
增加，但想成为第一胖还差得远呢。她在网上寻找增肥的办法，发现
了一家整形医院。在线咨询后，她走进了医院选择用注射激素的方法
让自己迅速增肥。鱼丸小姐本身也不是很瘦，打了一个周期激素过后
体重增加了二十斤；三个月后，她完全变了一个人，也实现了做横店
第一胖的愿望。她和珍珠变成了横店第一胖和第二胖，两人把片酬提
高，凡是找特型演员的导演如果价格没有达到她俩的报价她们便不去
演。如果在外地找演员算上路费更不划算。在横店有了名气，她俩的
活儿还挺多的。来找的人多起来之后，她们便有选择性了，可以选择
自己喜欢的角色。

虽然这样的角色大多数都是搞笑的，但这是真正意义上的角色
了，不再是群演。

鱼丸小姐看着自己的身体，低头已经看不到自己的脚了。但她没

有后悔，反而自信了很多，这是她心中的梦想。

"明天这边有场戏，男主角下了飞机后发现一群漂亮姑娘在等他。这时人群中跑出了一个胖妹妹，上前说是男主角的初恋。目的是跟后面那群姑娘形成反差，也增加了喜剧效果。你有时间吗？"一个副导演打电话给鱼丸小姐邀戏。

"好啊，但我的价格你是知道的哦。"她撒娇着说，跟这个副导演已经很熟了。

"知道，除了你，别人不合适啊。那明儿个见。"

鱼丸小姐对每一个角色都非常认真地对待，因为这是她喜爱的事情，早早地化好妆等待拍摄。这是第一场戏，好多人因为起得太早还没从困意中走出来，副导演给她们安排好了队形。

"好，一会儿就这么站吧。然后男主角走到这儿的时候，你跑出来。知道吧？"

"没问题。"鱼丸小姐已经拍了很多部戏了，慢慢熟悉了剧组的节奏。

"好，我让导演在监视器里看一下队形需要调整不。"说着便走向了导演的座位。只见导演看了看监视器，突然站起来指着人群中的鱼丸小姐："这是个什么玩意儿？谁找的？"清早的这一嗓子让所有人都清醒了，大家没有说话看向了她。

导演是因为起床很早，没来得及看今天第一场戏，剧本里确实需要一位胖女孩。他以为是副导演没找到漂亮姑娘随便找一个人来糊弄他。鱼丸小姐听到这样的话心里不舒服了，为什么不尊重人？"导演，什么叫这玩意儿？我是演员。"

"你也是演员？也不照照镜子，你是什么演员你告诉我，我这儿不需要。"鱼丸小姐走到导演面前一只手抓起他的衣领："我是你们副导演高价请过来的演员，请你好好看看剧本。还有，我不漂亮我不瘦我不温柔，这些我都知道，可是你没有教养你知道吗？"导演没想到她突然走过来抓自己，吓了一跳。面前的这位胖姑娘两百多斤，以他的体格确实打不过。正当他尴尬的时候，工作人员赶忙过来拉开了鱼丸小姐。

"他今天必须跟我道歉，哪怕我失去这份工作。"她很强势。副导演跑到导演面前小声说了几句。

"刚才不好意思，我以为第一场拍的不是这场戏。"导演自己找了个台阶下。

"误会误会，来，大家继续工作。"副导演把鱼丸小姐拉回队伍中。

这场戏顺利地拍摄完了。鱼丸小姐一直以这样的性格，以对表演的喜爱拍摄着一部又一部的戏。

转眼快过年了，她买了很多营养品坐上了回家的火车。妈妈来车站接她。她拎着箱子和各种礼盒手提袋冲着妈妈笑着走过去，妈妈却绕过她踮起脚在人海中搜寻。鱼丸小姐忘记了自己现在的模样，妈妈已经认不出自己了。

"妈，我在这儿。"妈妈回过头，眼神中满是惊讶。

"我的乖啊，你怎么胖成这样？"

"伙食好，走，回家说。"她挽起妈妈的手挤出人群，她不能告诉妈妈真实的原因。

回到家被父母问起怎么胖成这样，鱼丸小姐说自己特别能吃，剧组的伙食也很好。

"女孩子也不能胖成这样啊，以后怎么嫁人？"父亲掐灭了烟说。

"小时候邻居就总说我是捡来的，我看我真是捡来的。胖了一些你们就嫌弃我。"她假装生气。

从小父母就对她非常好。女孩子难免被男同学欺负，父亲总是第二天到学校去找老师，说明情况。邻居几个妇女有时也会说"这孩子是他家捡来的吗？"她听到都会哭着跑回家跟父亲说，父亲拉着她就冲到邻居面前给她们一顿数落。母亲更是把她当块宝，什么好吃的全都就着她，亲手做漂亮的衣服给她穿。人家都说，"家里有两个孩子一定是男孩受宠，如果都是男孩一定是最小的受宠。他们家不一样，父母都宠着她。"

"饭好了。"母亲把菜放在桌上。

"吃饭吧，在外头特别想吃家里的饭菜吧？"父亲夹了一筷子菜放在鱼丸小姐的碗里接着说，"你妈一大早就去买菜，准备了一小天了。"

亲情永远都是最持久的动力，给予的是最无私的帮助和依靠。它是无形的，没人能够说清楚它是什么样子。它是无尽的，你的一生无时无刻不在体会它的存在。就像这一顿饭，无论鱼丸小姐在外多苦多累，有家人做的这一桌家常菜，所有的苦都消失了。

"闺女，有件事我们一直想和你说，以前你还小，现在你也工作了，有了自己的判断能力了，其实早晚也该告诉你。"父亲喝了白酒，放下杯子缓缓地说出这句话，母亲在旁边轻轻拉了拉父亲："孩子刚回来，明天再说。"鱼丸小姐没说什么。

"她其实来过家里几次了，我们也瞒不住了，她要见你。"母亲说得挺无奈。

"谁？"

"你的亲生母亲。"

鱼丸小姐的脑子在这一刻是乱的，她没有表现得很激动，但脸上也没那么平静。她不知道接下来该说什么，会发生什么，父母跟自己说这些话的用意何在。

"具体怎么回事？别我问一句你们说一句。"鱼丸小姐问父亲。

"你亲生父亲是西安人，母亲是台湾人。他俩认识后很快就有了你，但你母亲家人死活不同意他们结婚，于是他俩私奔了。他们没有经济能力，你出生以后便卖给了爸妈，从此再没有联系。前几年得知你父亲因病去世了，你母亲改嫁后移民加拿大了，但她身体出了些状

况，不能怀孕生育了。她第一次来家里时，我不在家，你妈在。她想再把你买回去。你妈当时气病了，哭了好几天。后来又来了几次，我跟她说这不是买卖，孩子大了要问孩子，她愿意跟你去国外长见识，我们不拦着，所以她想见见你。"鱼丸小姐仿佛在听一个别人的故事，她从小到大不是很平凡吗？怎么突然间生活这么精彩？面前这么爱她的爸妈居然不是自己的亲生父母，怪不得从小邻居就爱说自己是捡来的。自己要见亲生母亲吗？见了面说什么？鱼丸小姐拿起父亲的酒杯一口干了。

"我没有必要见她，我父母就是您二位。养我教育我的也是你们。"说完起身回自己房间了。母亲擦了擦眼角的泪水，默默地收拾桌上的饭菜，父亲叹了口气走出了家门。

该来的总会来，还是父亲跟她讲的，不知是巧合还是别的什么缘故亲生母亲知道她在老家。鱼丸小姐一早就透过窗户看到她一身名牌，看起来知书达理的，站在院内迟迟没有进来。母亲对鱼丸小姐说："去吧，和她聊聊，大老远地从国外飞回来，天还这么冷。"

"不去，没啥聊的。"

"妈平时就是这么教你的？"鱼丸小姐看着母亲的眼神，心疼又不舍地望着自己。鱼丸小姐走出房间来到她面前。

"我家这儿也没什么咖啡厅，就在院里说吧。"

"好，没关系，你能见我我就很满足了。"说着她的眼睛一直盯着鱼丸小姐上下打量，像要让每一个细节储存在脑海中一样，眼里的泪水快溢出来了。

"想说什么就说吧。"鱼丸小姐没什么耐心。

"当年我也是没办法，我知道你一定恨我。我做错了事也不解释什么，只是想补偿你。跟我去加拿大生活好吗？听说你喜欢演戏，我可以给你找最好的老师，给你最好的教育，最好的生活。我也会给你的养父母一笔钱，没有别的意思，就是让他们生活得更好一些，你不用担心的。你不用着急回答我，我知道你要认真考虑一下。"她露出恳求的眼神望着鱼丸小姐。

"首先我不是一个商品，被人买来买去，其次我对国外没什么兴趣，最后屋里的才是我爸妈，他们养我教育我，我没觉得哪里不好。见到你我也挺高兴的，希望这是我们最后一次见面，没什么事我就送你出去吧。"

在这个世界上，鱼丸小姐觉得自己像一个无根萍，漂浮在水面上，永远没有根。那么渺小那么平凡，小到都没有人注意到。她一直没有谈恋爱，全身心地扑在工作上，孝敬父母，然而亲情有时也会变味，像被王室争夺后抛弃表现出的软弱，像被金钱迷惑的资本。这种滋味真的不好受，虽然养父母对她还是很好，但她明显感觉到中间有了隔阂，家务活母亲不再让她做，总是客气地让她歇着。家人越来越"礼貌"起来。曾经在一起疯闹温馨的场面没有了。他们是对自己不信任吗？鱼丸小姐感觉没有家了。

有很多事情我们无法控制，只好控制自己。过完年鱼丸小姐因为剧组拍戏便踏上了回横店的列车。鱼丸小姐望着窗外的风景发呆，此刻的她非常孤单。她微笑着，冷漠地看着身边每一个人，露出那种歇斯底里的微笑。她不想哭，因为她已经忘了怎样去哭。一个人坐在车厢的角落里，悲伤没人发觉。

"小姐，请问您旁边有人吗？我刚补了票没有座位，如果没人我可以坐这儿吗？"一个戴着金丝眼镜瘦高的男人站在旁边问。

"没人，你坐吧。"

"金丝眼镜"坐下后微笑地向她点了点头。"看起来不是很开心？"他试探着问。

"哪有那么多开心事。"鱼丸小姐没想和陌生人聊天。

"可以借你电话用一下吗？我的没电了。"

"我也不是什么美女，你要电话没用。再说你这招有点老套了。"鱼丸小姐说完这句话，"金丝眼镜"的脸马上红了，显得手足无措。"我确实想要你的电话，你这样一说还真有点儿尴尬。"

鱼丸小姐仔细打量了一下"金丝眼镜"，白白净净，长相普通，个子挺高。为什么他要自己的电话？自己这么胖也不漂亮。其实给他也没什么，人都在这儿也不怕被骗。"看你人还挺老实，给你吧。下次问人要电话别这么老土了。"

回到横店后，鱼丸小姐经常接到"金丝眼镜"的信息，以注意身体、好好吃饭为主，偶尔也会提到有时间再见。

"他是有什么目的吗？"鱼丸小姐问珍珠。

"人家能有什么目的？这明显是要追求你啊。"珍珠擦着护手霜回答。

"啊？我这条件，他是有缺陷吗？追我？"

"你也够逗的，照你这么说我们这样的胖子一定要胖子追求才行？要不就是身体有问题？萝卜青菜各有所爱。我跟你说，真有那样的正常男人就喜欢胖一点儿的女生，越胖越喜欢。真的，我以前就碰到过。你要觉得这人不错，多接触接触，你也老大不小的了，是不？"

鱼丸小姐听着珍珠的话，若有所思。这个男人吧，看起来挺实在的，也挺懂礼貌。可能自己不自信吧，总觉得配不上人家。不过真的可以联系一下，毕竟自己从来没有谈过恋爱，家里又有一堆烦心事，是应该找个男朋友了。

人之所以会心累，就是因为常常徘徊在坚持和放弃之间，举棋不定。自己也应该好好调整一下，重新整理自己的生活了。

无论你遇到谁，都不是无缘无故的，没有人会偶然进入我们的生命。

一个月后，鱼丸小姐和"金丝眼镜"在一起了。两人打得火热。"金丝眼镜"是北京人，上班族，不能经常来横店。鱼丸小姐便大多数时间在北京生活，横店有戏就回去拍。"金丝眼镜"确实喜欢胖女孩，他把她带给父母看过，父母也满意，只是对她的职业不认可。如果以后真要结婚了，还是换一个工作为好。

这天"金丝眼镜"很早回到家中，亲自下厨给鱼丸小姐做了饭。正当她莫名其妙的时候，"金丝眼镜"从口袋里拿出了一枚戒指。

"我是真的很喜欢你，咱俩在一起也两个多月了，父母也见了，所以我今天买了戒指，还有这个。""金丝眼镜"拿出房本接着说，"我已经办了过户，这个房子现在是你的了，只要你答应我咱们结婚后你不再拍戏，换个工作。这不是条件，只是我爱你的一种方式，你愿意吗？""金丝眼镜"说得很真诚，看来他真的做好了结婚的准备。

鱼丸小姐心里挺感动的，能有一个这么在乎自己的人很难得，这两个月他们相处得也特别好。自己像公主一样被照顾着，结婚是早晚的事，所以也没觉得多快。但她为什么把自己变成这么胖，她在坚守着什么，她内心很清楚。

"演戏是我的梦想。我也很爱你，但任何人都不能阻碍我的梦想，你可能觉得很可笑，也许在你眼里我只是个特型演员或者是个跑龙套的，可有可无。但它对我的意义不一样，如果咱们结婚的前提是我放弃梦想，那这个婚我不能结。"

"好，我明白也尊重你。房子既然过户给你就是你的了，以后你卖了租了都有一笔收入。我能为你做的就是这些了。"

鱼丸小姐的这段感情维持了两个月，她也尝试了恋爱的滋味。这种感觉真的很好，但可遇不可求，她会牢牢记住这种感觉。她还是定期给家里打钱，亲生母亲真的再也没找过她，不过听弟弟说她给了父母一笔钱，父母说给她留着做嫁妆。鱼丸小姐做了人生第一次女一号，讲述一个胖女孩和一只猪生活的故事，是与动画特效结合的一部电影。她坚守的东西也终究有了些成绩。

永远都不要放弃你真正想做的事，怀着伟大梦想的人总比接受所有现实的人强大。

这篇文章百分之八十都是真实的，每个人都有自己的活法。我们就像是一株无根萍，渺小但强大地存在着。

爱一个人
七分就够
剩下三分爱自己

追梦人

今天在电视上看到一段采访，一位佛像雕刻家谈对艺术的理解和自我追求，他说的一段话让我突然对他这个人产生了兴趣。

他说："有一次，在南普陀寺后山看到了成百上千尊佛像，它们被生产，被供养。主人在还愿后就把它们安置在寺庙里。当我看到这些的时候，我在想我可以做些什么呢？一开始我把这些佛像一尊一尊地请到一个平台为它们拍肖像照，大概拍了上千张之后，我突然觉得它们像在流浪。人们原来有求于它，但是在它的作用被用尽的时候，对它的感情就转移了。"他貌似看到了人们内心的无限私欲。

是啊，我们多么现实，我们在追求什么呢？著名的心理学家马斯洛将人类的需求分为五个层次：生理需求、安全需求、社交需求、尊重需求和自我实现需求。如果这样划分，我想，人为了实现自我价值，都会孜孜不倦地追求吧。

昨天我约了摄影师为书的内页拍摄夜景照片，当我们走到一个商场的门口时，看见广场上有一个二十出头的男生在跳街舞，旁边的一个音响放着音乐。周围有很多观看的人，天气已经很冷了，他还穿着短袖在跳，很有热情和张力。

我停下来看了一会儿，突然想到我有次在首尔，貌似弘大附近，有很多学生和演艺公司的练习生在街边表演。他们为的不是赚钱而是找个舞台锻炼、展现自己。当时一个女生特别认真地唱了一首歌，虽然麦克风、音响都很差，但还是把我感动了。我看到了很多为了自己的梦想在坚持的人，他们远比我们想象中的强大。

记得有一部电影叫《立春》，讲的是社会现状和梦想。里面有句台词："每到立春的时候，我的心就开始蠢蠢欲动，似乎有什么事情要发生，然而整个春天过去了，什么事情也没有……"我觉得这句话像极了王彩玲的一生，她一生都在追求梦想，用一生去相信梦想。最后当生活磨平了一切，仅仅像许许多多庸庸碌碌的平凡人一样，好像什么也没有发生过。在影片中她一直在重复一句话："我一定会唱到中国歌剧院的。"可能有很多人都觉得这是痴人说梦，但试想一下，如果没有这般信念，怕是这个人也没有了追求。

当她祈求院里领导收留自己时，遭到了拒绝。她推开门站在走廊里放声歌唱，这一段击中了我的心，我感受到了她内心的无奈与渴望。

有很多人会疑惑，到底是坚持追逐梦想，还是先解决生存问题？

我以前拍戏时认识了一个朋友，他特立独行，不认识的人会觉得他不好接近，因为他只是与有共同思想的人聊天。他演戏很棒，有节奏，有想法，但一直没有好的机会，也拿不到好的剧本，经常拍一些他所谓的烂戏来维持生计。

前段时间的一个深夜他发来微信，恰巧我没睡。他说翻了一圈通讯录，想跟我说说话。我们聊起了现状，这家伙是个十足的愤青，看不上这个剧本，看不上那个导演。我说你要想清楚你留在北京的目的是什么，如果真的没那么爱这行就回家吧，别耽误时间，可能你把时间用在别处早已有所成就了。他说："我爱这行啊，但是不能委屈自己拍这样的戏，拍下来有什么意义，没有代表作品不说，赚的钱也只够交房租。"

其实他跟很多年前的我很像。演员谁不想跟李安合作，但恐怕你跪下求也没用，演艺圈真的靠机会，天时地利人和，缺一不可。因为关系很好，我怼了他几句："你是有彭于晏的身材还是有梁朝伟的演技？你是有王俊凯的年纪还是有金城武的脸蛋？你能告诉我你凭什么吗？如果你说不出来就拼命地拍戏，让人家认可你。一部一部地拍，好好演，然后跟导演处好关系，让人家下次还能用你。哪怕是烂戏，没关系，去拍。不说赚不赚钱，你也好歹是在工作着，人在工作中的状态和在家的倦怠是不一样的。心态好了机会自然就来了。你一年前就跟我说过同样的话，你能告诉我你一年中的变化吗？是有一部代表作品了，还是存款增多了，还是找到人生伴侣了？"

他说："交了几个女朋友，分了。"

我说："这就是你一年中的变化？"

他沉默了很久，说："我永远记得你曾经跟我说过一句话，'一个人如果拼了，就什么都不怕了'。好，我明天开始真得去见组了。"

其实我没有在说教，朋友之间拐弯抹角很累。他有能力写剧本、演戏，但在自卑和自大之间总是很难权衡。

那么生存问题解决后是不是要守护好，然后运用人脉关系来实现自我价值呢？认清自我能力，努力去坚持，去实现，我真的相信梦想离我们很近。

追梦人很苦，无论是我的这位朋友，还是那个佛像雕刻家，或是电影中的王彩玲，他们都用自己的方式去守护着自己心中最柔软的那块净土。我深知，对他们来说失败无所谓，但放弃的滋味真的不好受。

你尝过雪的味道吗

我愿意不吃任何一种动物，
来保佑这个我爱她如生命的女人健康快乐。
其实我有偷偷尝过雪。

Miss

我只想一个人
住在你心里

没去过东北，不能说你见过雪。

其他城市的一场雪下尽了冷漠，但是在东北的一场雪，温暖了整个城市。可能这就是故乡的含义吧。

每逢过年前后，难免会走亲访友。

一次和妈妈去亲友家聚会。晚饭后我们走出了门才发现漫天飘雪，我想叫的士。

妈妈说："走走吧。"

我挺诧异，走回去需要半个小时，这么冷的天坐车最好不过，但看到她很坚持我没有说话，挽着妈妈在雪地里嘎吱嘎吱地走。路灯下、马路上貌似除了车辆只有我们俩。路灯透出暖暖的黄光，拉长了我们的背影，我们闲聊着，说笑着，我觉得没那么冷了。

走到一半，妈妈牵着我的手说："儿子，你知道我为什么要走回来吗？"

我侧着脑袋看她，不知道是天冷还是喝了点儿酒的原因，她的脸微红。

"因为我知道这样牵着你的手慢慢走的机会不多了。你现在上学，之后就会毕业，工作，结婚。所以我很珍惜，现在很幸福。"

我深知一个单身妈妈说这样的话的含义，笑着抓紧她的手继续走。

"儿子，我最喜欢雪了，别的地方看不到这么大的雪吧？你小的时候一下大雪我们就跑出去玩，你外婆叫也叫不回。"说着她孩子似的跑到前面抓地上的雪。我在她身后看着，心里说不出的酸楚，路灯下的她依然年轻漂亮。

"你尝过雪的味道吗？"她用舌尖舔了一下递给我。

"脏死了。"我笑着打掉她手上的雪，顺势把她的手挎在我的臂弯里拖着往家走。

之后只要我回到家，无论去哪里，都会拉着妈妈步行，哪怕她说要坐车。我都会说："走走吧。"

我听不得"机会不多"这四个字，心里默默祈祷：时间慢一些，求你。我愿意不吃任何一种动物，来保佑这个我爱她如生命的女人健康快乐。

其实我有偷偷尝过雪，它的味道是：牵挂。

❄

其实我有偷偷尝过雪

成长，从会做一道菜开始

不能轻易拒绝学习新知，
因为你拒绝的不是别人，而是自己的财富。

生活的百般滋味我们可以从影像中、书本中看到读到。

但真想尝到味道一定是食物带给了味蕾冲击。

十岁那年的夏天，我坐在院子的门槛上玩，吱的一声木门打开了，父亲回来了。因为超强的逆光我看不清他的脸，只记得他左手拎着被子，右手拎着水壶。

"你以后就跟我过吧。"留下这句话他就跨过坐在门槛上的我进屋了。我还没来得及回答声"哦"，等意识到时仿佛过了一个世纪。我相信"瞬间长大"这个词，那个午后我好像懂了很多。

跟着一个男人生活难免粗糙了些，经常衣服脏脏的，肚子瘪瘪的。爷爷奶奶和我们生活在一起，貌似除了日常的上学、睡觉，我总是见不到他们，也可能这段记忆凭空消失了。我只记得奶奶有一个神秘的小黑屋，是上锁的。我很好奇里面有什么，并且聪明的我知道这把钥匙藏在客厅茶盘的底下。

在一个家里无人的下午，我打开了这个我朝思暮想、好奇心满满的小黑屋。那里的空气掺杂着霉味和灰尘。我看见里面有一些长期无人使用的被褥和对小朋友来说简直是天堂的各种糖果、糕点、罐头和鸡蛋。当时我心中的红旗都飘起来了。因为我平时并没有见到过。窝在被褥里吃了几块蛋糕，也不知道有没有过期，毕竟那次奶奶过生日，有人送来奶油蛋糕，在孩子们无心吃饭全程惦记那个蛋糕的时候，奶奶把它锁进了小黑屋。奶奶说："今天饭菜太多了，就不要吃蛋糕了。"我想，那时孩子们送给奶奶的生日祝福应该是一大堆可以飞上天的白眼。一周后她端着长毛发霉的奶油蛋糕，从我身边走过并把它扔出去的那一瞬间，我心中奔跑着无数只马，它们狂野奔放，昂扬不羁。

我第一次做饭也是在那一年，十岁那年。

那天，我玩得满头大汗回到家。晚饭点快到了，家里并没有人回来。我的汗已经消下去了，肚子实在太饿，到了厨房发现锅里只有早上剩下的白米饭。

我再一次打开了小黑屋，不知当时是赌气还是太饿，一口气拿了七个鸡蛋，小手都抓不住。我学着大人的模样，打开煤气，往锅里倒上油，打碎鸡蛋放入锅中，还掺杂着些许鸡蛋壳。然后倒入米饭，用锅铲捣碎，放入盐，出锅。满满的一大锅。不知咸淡的我坐在门槛上，看着天上飞的燕子吃得不亦乐乎。

奶奶回来后看见满屋狼藉并没问起我是怎么打开的小黑屋，鸡蛋炒饭做得好吃与否，只是问了句："饿了？今天打麻将输钱了。"

我也只是满嘴油光地冲着她吧唧吧唧嘴，打了个饱嗝。

长大后我发现，你再强总有比你更强的人；你再优秀总有比你更优秀的人。所以，不能轻易拒绝学习新知，因为你拒绝的不是别人，而是自己的财富。

一道鸡蛋炒饭，算不上一道菜。可那个时候觉得是为了生存，现在看起来却是成长。

Miss

我 只 想 一 个 人
住 在 你 心 里

走丢了之后

没有人因为水的平淡无味而厌倦它，
所以也不要因为生活的平淡无味而摒弃生活。

　　有一个人，得了抑郁症。他每天很不开心，去看医生。医生告诉他凡事要想开些，在马戏团里有一个扮演小丑的喜剧演员，你可以去看他的演出，可能会让你开心些。那个人笑笑说："我就是那个喜剧演员。"

　　并不是每个人都盛装出席在生活的舞台上，大幕拉开的时候，他们想尽可能地展现一切美好，但有时难免摔倒。只要记得保持微笑，一切都可以从起点开始再来一遍，直到谢幕。

　　在贵州求学的那几年是快乐的也是潦倒的。好胜心很强的我为了专业成绩好，每天坚持出晨功，边跑步边大声地念绕口令，也不知道冬天捂在被子里的其他科系的同学怎样诅咒我打扰他们的美梦。

　　为了奖学金，我拼命地学习。图书馆的借书证换了一本接一本，没记错的话每办一个新的图书证需要五块钱手工费，后来我把同学的拿来用，怎料寝室的哥们儿平时借的都是关于生理健康方面的书籍，搞得图书馆老师在证上盖章时总是拉低眼镜仔细"端详"一下我。

　　为了让更多的人认识我，两年内我参加了当地所有的比赛。比赛总是需要才艺，除了诗歌朗诵外，我去报了几堂课的速成拉丁舞，跟舞蹈系姑娘学了段朝鲜舞，我居然还尝试了人生第一次说相声。

　　为了贴补家用，我接了无数个可以赚钱的活。一次一个经纪人说一个郊区的娱乐会所需要T台模特，给的价格挺高的。当时我和班上一个女同学（这本书里提到的百合小姐）非常动心，当天就坐着长途车去面试。会所位于一个高楼的中间区域。进去之后环绕四周，因白天的缘故并没有什么人。只是特别小的舞台旁边有一个圆形大桌，坐满了看起来凶神恶煞的花臂文身叼着烟打牌的男人。我们一群稚嫩的学生坐在角落，形成了鲜明的对比。经纪人开始和娱乐场所的负责人沟通，之后走到我们这边对我们说："这个T台走秀是每天晚上最后的环节，属于压轴表演，所以要穿泳衣。"鉴于很多比赛也有穿泳装展示环节，我们并没有很大异议。紧接着经纪人说："你们身上会挂一个号码牌，下面如果有客人需要几号下来陪他们聊天，你们是要配合的。我马上懂是什么意思了，跟我的同学小声说："这不是好事，不想被软禁或挨揍，赶紧走。"我们两个借着要去洗手间走出门，迅速按电梯逃离了这座大楼，打车回了学校。现在想起来觉得是趣事，当时整个过程还挺惊心动魄的。

　　这两年，每个学期我的专业课都是第一名，也拿了奖学金，成了学校团委副书记。通过大大小小的比赛，电视台认识了我，我从外景美食节目替补主持人变成一档专门介绍电影节目的专业主持人。我从每天发传单到商场门口的酒水促销再到各种车展、画展主持加上广告拍摄，我拥有了人生中第一部手机和第一台电脑。有一年我去深圳电视台面试，去机场的路上接到一个经纪人的电话，县城有一个楼盘开盘，需要一个主持人，连续三天，每天一千块。我马上答应下来，下了飞机直奔客车站去了县城。结账的时候经纪人沾着唾沫在点一张张钞票。给我的时候多了一百块。"孩子挺拼的，我看到你拖着行李箱从机场直接过来，回去好好休息。"那个时候我不到二十岁，现在想起来非常庆幸在那个年纪经历了这么多事。每天上课、下课、吃饭、看台本、排练、商演、录节目、比赛。我的生活充实到鞋子都被磨破了。就这样充实的生活让我迷路了。可能年纪小见世面少，有很多声音出现了。

"他专业好无非是表演老师喜欢他。"

"他能去电视台不知道花了多少钱。"

"自己买手机很了不起吗？还不是穷，我高中就有最新款好吧？"

我发现，慢慢地我吃饭的时候是自己一个人了。我排练小品的搭档逐渐减少了。除了寝室的几个好朋友外，好像其他人看我的眼神中都带着我读不懂的色彩。我怎么了？我做错了什么吗？我开始自我怀疑自我否定。专业第一名的学生不去上课了，把自己关在寝室，坐在床上拉起床帘。我不再去食堂吃饭了，我尽量避开人走路。我开始不敢看别人的眼睛。参加过那么多比赛自信满满的我开始闪躲了。我在想，我的人生是什么？我想做什么样的人？妈妈对我的期望那么高，是不是我根本达不到？我会留在电视台工作吗？是不是我很多的选择都是错误的？我变得越来越不爱说话，不想和别人交流。可怕的是我躺在床上会发现自己飘起来，能看到床上郁郁寡欢的自己。我变得敏感多疑，不喜欢现在的自己。没错，我得了抑郁症。

我厌世，我极端，我暴躁，我甚至想轻生，每当有这样的想法，只有一个理由支撑自己，我妈妈怎么办？头脑复杂的我在自己的道路上走丢了。

同学们很久见不到我，我没有再参加比赛，节目组请人代班。消息传到了我的导师耳中。

我来到了她的办公室，她说："我们聊聊。"顺手关上办公室那扇大铁门的时候我的眼泪流了下来。终于有人肯听我说说话了。窗外从天亮到天黑，我胡言乱语不知说了什么。

记得妈妈在我入学前说："我希望你能做一个像何炅那样优秀的主持人。"这是我当时奋斗的目标。导师说："中国只有一个何炅，若干年后，你可能也达不到，但也有可能你比他还好。"停顿片刻她继续说："知道为什么你会听到那些声音，有那么多抱怨不满吗？因为你还不够优秀，你现在的成绩是C，那根本不算什么。对于他们来

不要等到走丢了才去找来时的路

说是嫉妒，只要努力一点就可以达到。如果你是A＋呢？那对于他们来说就是羡慕，因为他们怎么都无法达到，已经被落得太远了。"这句话我会记一辈子。

我见了心理医生，吃了药，努力调整心态。可能因为药物原因，我的记忆力变得很不好，导致我在日后的工作中只对自己非常感兴趣的事记忆深刻，不然总是记完就忘，忘词忘动作忘记生活琐事。身边几个要好的朋友经常听我讲一个事情三遍以上，每到第二遍他们还是装作没有听过，我讲第三遍的时候告诉我听过了。也是难为他们了。

我的导师给我一周的时间调整自己。为了帮助我也给我接了一个活动，去档案局解说抗日英雄事迹，很清闲，薪资很高。工作内容就是要背下四十块大型背板的英雄事迹内容，来为参观者做解说。因为这次活动我认识了学姐波尔卡小姐，后面会讲她的故事。

一周之后的我满血复活，心病还需心药医，"觉悟"这两个字那个时候我体会到了。字面分解就是：见我心。一个人看见了自己的内心也便知道何去何从了。我拥有的那个能腾空看见自己的"特异功能"变成了我解决事情的办法，每当我需要选择时，我都会用这个方法看着自己，就会看见几条路，走这条结果是什么，走那条结果是什么，一目了然，很快便能决定。波尔卡小姐也给我了很多建议和资源。我又站回了每一个舞台，我要努力成为得A＋那个人。

　　我的导师是我人生中的第一个贵人，她在后面一直帮助我，教会我怎么为人处世，怎样说话，怎样去应对各种突发的事情。这里特别谢谢她。

　　这是我不太想回忆的一段，也不太愿提起。但是分享给在乎我的人总归是好事。没有人因为水的平淡无味而厌倦它，所以也不要因为生活的平淡无味而摒弃生活。

　　今天让你们听这个故事，是想说，每个人的生命都会有坎坷，都会有麻烦，也都会有贵人相助。我们时刻要清楚自己想要什么，自己该怎么活。毕竟人生短短几十年，为何不让它精彩一点，对吗？

　　不要等到走丢了才去找来时的路，毕竟有的人幸运遇到好心人，有的人在走丢的路上越走越远。

你还好吗？
蓝天

有我们这么多人的努力，
蓝天你还好吗？答应我们，
我们想在你蓝蓝的天空中呼吸、翱翔。

几年前看过一本由六十万字的日记整理的书《酥油》，讲一个汉族女子和一个藏族汉子的爱情，内容围绕着支教展开。

"最大的孤独，是你的热情掉进周围的寂寞世界。你说什么，你唱什么，你呐喊什么，你即使自寻短见，都是你一个人。大地无动于衷。"

这本书我前后看了两遍，被故事中的情感打动，被支教行为打动。很多时候我会想：如果是我，我会怎么做？我会不顾一身病痛继续留在那里为了孩子们吗？它让我重新思考。

2008年汶川地震，为了灾后重建，我参与了赈灾义演。后来有个做慈善很多年的前辈说："你没有亲身经历过一些事，很难有感触。"现在回想起来，的确是这样。当我以为这只是一份普通的工作时，我就错了。一方有难，八方支援，那一刻我深知这八个字的含义所在。一位花甲老人，走路都吃力，儿女左右搀扶，走到募捐箱时对我们说："祖国有难了，这是我的全部积蓄。"我看见她手中捧着一个盒子，并不大，但它的重量和含义不能用大小来衡量。那一刻我被她感动，被千万个这样的她感动。

曾经有位信奉佛学的朋友跟我说："多做善事是在为自己积福。"

我庆幸在青春懵懂的时候就看到这样一本书，亲眼看过这样的事情。

我想做点什么，关于环保，关于公益，关于社会。

我开始行动了，那时的我并没有什么经济能力，捐款捐物也没有实力这样去做。这一度让我很沮丧，是不是没有经济能力就不能做这样的事情？虽然没有能力做加法，但是我有能力做减法。

最开始想的是垃圾分类。当我把玻璃、塑料等按可回收或不可回收分好类别，装到不同的垃圾箱时，发现原来垃圾桶的分类只是摆设。一辆垃圾车停靠后将所有垃圾混为一车，然后扬长而去。我是个干脆的人，意识到自己在做无用功，果断放弃。

后来，我开始节约用纸，擦嘴巴从用两张纸变成一张再变成半张，在家里取代半张的是手帕。感受到朋友们慢慢发现了我这个习惯，他们默默地形成了默契，我不想做朋友眼中的神经病，于是跟他们表达了我的想法。可能人以群分吧，我开心的是朋友接受并赞同，只是有时会忘记。搞笑的是每次在我家聚会，需要用纸时他们都会偷偷瞄我一眼，再迅速地抽取纸巾。

除了节约用纸，我开始节约水，家里有一个水桶。每次擦地时需要注入大量水，再加上消毒液溶解后使用。我洗脸洗手后的水用盆接住再倒进水桶里，擦地时加上消毒液是一样的。擦完地的水再用来冲厕所，形成了一条"生产线"。

这些让我突然发现其实自己能做的减法越来越多。有位科学家分析过：一件事情，你坚持做二十四天，它便成了你的习惯。

有一年和佳勋姐录完节目，她要赶飞机回台北，我觉得她对北京路况不是很熟，劝她不如打车，或者我送她去机场。她说："不要，坐地铁就好，会减少尾气排放量。"

原来我身边这么多人在用不同的方式为环保做贡献，为这片蓝天、这片土地默默地做事情，这难道不是公益吗？

2016年我的粉丝后援会送给我的生日礼物是在内蒙古阿拉善地区植树造林，目的是抵抗风沙，还沙地一片绿色，树被起名"MR树"。我的巧克力个站以我的名义，通过世界自然基金会领养了一只黑雪貂，它是濒危等级稀有哺乳动物。我的贴吧管理员代表我去探望养老院，孩子们给老人送去了欢声笑语和一丝温暖。随着队伍的庞大，他们做的事情越来越多。

　　不愧是我的粉丝，你们总说我是你们的骄傲，这一刻我觉得你们怎么这么懂我，不只关心我的作品，讨论我耍不耍帅，更愿意跟着我做一些事情，跟着我一起成长。离我这么近的你们真的是我的骄傲。

　　有我们这么多人的努力，蓝天你还好吗？答应我们，我们想在你蓝蓝的天空中呼吸、翱翔。

它给的爱并不少

我只是你的十年，
而你却是我的一辈子。

Miss

我只想一个人
住在你心里

其实我一直想给它们写一篇文章。为什么这么说呢？因为我是一个开始不喜欢动物，甚至讨厌，后来却被它们慢慢俘虏的人。

印象很深刻，在高中的时候，同桌是位非常漂亮的女生，家境不错。她的衣服都特别好看，有天穿了件深蓝色的毛衣，上面有很多白色的毛。我问她怎么弄的，她笑着说这是我家狗狗的毛。她一边一根根地清理，一边描述她家狗狗有多聪明可爱。

我根本没听进去，心里想的是为什么会喜欢狗呢？这么脏的动物，弄得浑身是毛。

那个时候我没有喜欢过任何动物，妈妈说我没有爱心，但我真的喜欢不来。

初中的时候养过乌龟，后来走丢了。养过一条蛇，后来在草丛它吓唬我，我一松手，它就跑了。从此我就再没有养过任何动物。

经常看见朋友抱着自己的狗喜欢得不得了，跟它亲吻。我内心是拒绝的，仿佛看到了很多细菌，在人和动物之间传递。

第一次转变是我拉片子时看了部电影《忠犬八公》。这是根据真实故事改编的电影，讲述的是一位大学教授收养了一只小狗，这只小狗每天早上将教授送到车站，傍晚再接回家。教授离世后，它还每天按时在车站等待，直到死去。影片轻松安静，寓意却让人反思。我开始重新思考我的想法，重新审视自己。动物真的有感情吗？它们表达的方式是什么？在达尔文的晚年著作《人和动物的感情表达》中有提过人和动物之间的声音、手势类比的共性，证明动物是有感情的。因为动物没有人类语言，所以形体、表情就极为重要。

若干年前，我看过一个视频，内容是国外的一个人小时候跟狮子一起度过，时隔多年长大后，他重新回去看望。当他走近呼唤狮子的时候，我捏了一把汗，特别怕主人公被吃掉。但威风凛凛的狮子跑过来冲进他怀里，蹭着头，像见到亲人一样，这让我觉得自己的内心很黑暗。我不相信的是自己，而它们足够让你信任。

之后我对动物的关注度高了起来，会看好玩萌趣的视频，会看这方面的书籍和电影。慢慢地我没有那么排斥它们了，反而觉得它们可爱单纯。

柴静曾在《新闻调查》做了一期节目，名为《一只猫的非常死亡》。节目中一个穿着高跟鞋的女子踩死猫的全过程在网上出现时，我的心在滴血，愤怒的我不知道能做些什么。你可以不爱，可以讨厌，也可以选择无视；但因为受害者是一只猫，没有法律保护就随意杀害它，这是内心畸形的表现。

当时柴静在节目最后说："猫死去了，而人的生活还要继续。该怎样去化解仇恨，怎样去满足利益，欲望满足的界限又在哪里，这可能是每个人都需要去面对的问题。"

我常常在想，我是个演员，演员要对身边一切事物有感知。做演员不能太理性，对待事物要有自己的理解，抓住每个让你感动的瞬间。如果很多事情都不能打动自己，你怎样去塑造一个打动别人的角色？动物是我们的朋友，没有利益关系，有的是情感的联系。它可以感受到你对它的关心、爱护，也同样会回馈给你。有时人做不到的忠诚信任，它可以。它们像我们小时候一样，看见生人会害怕、胆怯、不自在。如果我们帮助不到它们，请不要伤害它们。

对于养小动物的朋友，其实我也有几点忠告，是我平日观察到的。养宠物是件很麻烦的事情，要喂它，带它出去上厕所，要给它洗澡修毛。对于以前不喜欢狗的我来说，在路上行走，突然一只狗跑过来扑在我身上留下几个爪印，我真的会反感。你的一句对不起和假模假式的教训，只会增添我对动物的讨厌。但想通之后我发现，我讨厌的不是它们，而是你。就像小孩子没有家教我要怪谁呢？小区石板路上到处都是动物的大便怪谁呢？经常看到告示栏里贴着宠物走丢的信息，哭得眼眶红肿的你要怪谁呢？

养宠物是为了给自己带来快乐，让自己不那么孤单，但前提是不

抓住每个让你感动的瞬间

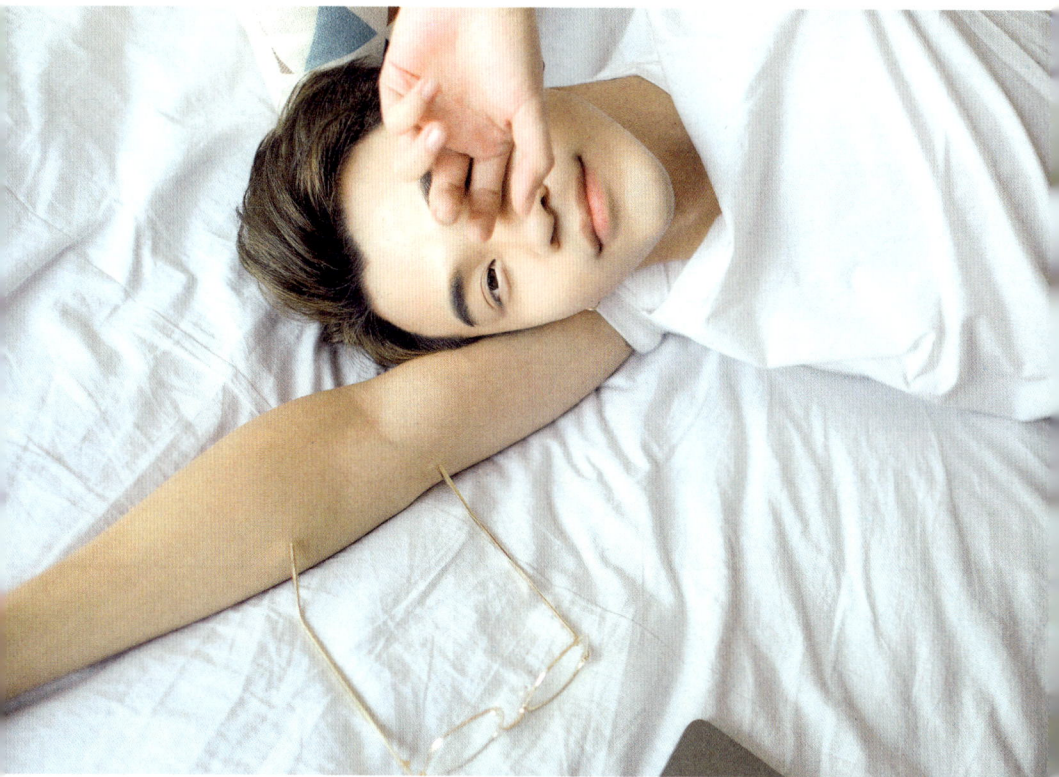

能给别人增添烦恼。

　　我相信，如果你每天遛狗都用绳子牵好，大便用便便袋收起来丢到垃圾桶里，它们就不会乱跑甚至走丢，道路也会干净很多，动物之间打架或咬伤人造成的纠纷也不会存在。既然我们选择了养它们，就应该担起这份责任。所以养之前，一定要考虑得非常清楚，自己的精力、时间和经济能力是不是能够给它们足够的陪伴和照顾，而不是脑子一热觉得它们太可爱了不得不要。

　　我们每个人一生中都会有很多的朋友，但它真的只有你。在你抱怨每天在它身上花的精力太多时，请你抱起它，看着它的眼睛，想想它带给你的爱。

这只是一份菜谱

好多人问我会不会做饭，其实在饥寒交迫的时候我们都会做饭，但好不好吃只能看个人口味了。我给我唯一会做的一道菜起了个名字：浅末年代。

它陪伴了我很久，朋友聚会经常点名让我烧这道菜，可能也觉得其他的菜太难吃。其实我特别享受在厨房里做食物的过程，感觉每一样菜都有自己的顺序，有自己的味道，叠加起来又会呈现不一样的感觉。自己经常研发一些菜导致变成黑暗料理，总是丢掉，因为实在太浪费，也便很少走进厨房。

现在我就把这道"浅末年代"做给大家，你不妨也试一试，可能偏北方口味。我只是自我感觉良好，如有大师级料理师看到此篇觉得没有锅气那请多多指教，毕竟班门弄斧。

首先你要有个锅，就是炒菜那种，东北叫马勺。再有一个铲子、一个漏勺。

烹饪难度：你可以做。

烹饪时间：我是比较随意，熟了就可以。大概40分钟？

主料：土豆、鸡肉或小鸡腿、胡萝卜

配料：盐、白砂糖、酱油、葱、姜、蒜、山楂、柠檬片、芝麻、干辣椒

那咱们开始好吗？别紧张。来，躺好，说错了，站好。

首先烧一锅水，把切好的鸡肉或小鸡腿放进去煮，目的是过滤脏东西。鸡肉煮的时间不用太久，水开了翻几下就好，小鸡腿煮的时间可以稍微长一点儿。用漏勺捞出来放在一个容器里。

葱切成末，蒜不需要切，剥好即可，姜切片。

在一口干净的炒菜锅里倒入油，打开火，把油烧热，根据自己的口味放入干辣椒若干，把切好的葱、姜和蒜放入锅内爆香，翻炒一下，第二下都不行哦。然后放入糖，这个糖也是适量的，看你自己的口味。紧接着倒入酱油，大概比糖多一点点的量，这时手里的锅铲要一直顺时针在锅里搅拌。这样做是因为我怕油溅出来，是不是很聪明？

这时你会发现锅里的糖和酱油特别甜蜜地交融在一起，翻起层层浪花，浪花越来越大的时候把鸡肉或鸡腿放进去，翻炒，着色。待颜色上好后放入切好的土豆块、胡萝卜块，翻炒。

然后加水，水的量是高出锅里的食材为佳。放入盐，量的话要控制一下，毕竟有酱油，实在拿捏不准先少放一些，等快出锅的时候尝

一下再放。

放入山楂两颗，可以让鸡腿更快松软，放入柠檬片一片来提下味道。这时锅里应该是满满的了，这道菜也差不多做好了。你只要每十分钟来翻一下，待水差不多的时候就可以出锅了。那时候，水里的调料滋味也都渗透到了食材里。

出锅后在上面撒点儿芝麻，不要问我原因，纯属矫情。一道"浅末年代"就这样做好了。

你有多久没自己下厨享受乐趣了？有多久没给家人或爱人做一道菜了？耽误不了多少时间，感受一下，也许换来的并不是一道普通的菜。

朋友十年寄语

那么多人来来去去，
相爱或离散，重逢或遗忘，
留下的全是温暖，
正如你一般，一直都在。

MAKE
YOU
MINE

身边很多人说过要写书，好像出书这件事是晋升文化人最直接最快速的通道，结果有了上文没下文，不像你，果然装样子和真才华是不一样的。

认识孟瑞是在十年前的饭局上，小编剧和小演员的初次见面好像也没什么共同话题，无非聊聊最近的电影，逮住一部烂片死命吐槽，相同的爱好果然不如相同的槽点更易拉近人心。因为坐着，完全看不见一米八的大长腿，只觉得个子一般，是个讨人喜欢的弟弟。那个时候还没有微信，也没有微博，只是象征性地留了电话号码和QQ，从此手机里便多了一个不会拨打的号码和一个从不闪烁的头像。

有些人就是这样，看上去能说会道，朋友满天下，其实盘点两圈也用不了五根手指；容易对人有好感，但很难真正信任。我和孟瑞都是这样的人，宁可窝在家里翻一本老书，也不舍得花时间去读一张全新的面孔。这一相同点算缘分，但也因这缘分让我们有缘无分，同在一座城市，却始终没有再见。

直到2013年的夏天，在深圳龙岗区的一个剧组，我们意外相遇。这一次，我是编剧，他是演员。剧组可真是一个培养信任的好地方，上百号人同吃同住三个多月，在人生地不熟的偏远郊区，在这种时候，别说一面之缘，哪怕是朋友的朋友的朋友，全是亲人。除了开工，他依然大门不出二门不迈，像个未出嫁的姑娘。我每天一没事就拎着鸡爪去他房间听他讲故事：讲学校里的风光史，讲行业里的奇人趣闻，讲过往讲梦想，讲那些不堪回首的经历，讲小时候最难忘的遭遇……每次听着听着，眼泪就会止不住往下掉。这世上怎么会有这么好玩的人，能把每一件事都讲得这么好笑；明明那么不易，却让人笑到想哭。

有人说朋友是从秘密开始的，我却觉得秘密是在朋友之后才有的。就在那段啃鸡爪讲故事的时光里，我们有了信任，有了谈不完的话题，不再是那个最熟悉的路人甲。也就在那个时候，他说他有三个愿望：出一本书，录一首单曲，拿一座最佳男主的奖杯。时至今日，当我在KTV看到原唱孟瑞的字样，看到那本被他随身携带多年，写满只言片语的日记成了如今的书稿，我终于确信，愿望这东西不是每年生日站在蜡烛前随便说说而已，一口气吹完还得有后续。只要够坚持，我相信，总会有一座奖杯，刻着他的姓名。

都说天下无不散的宴席，再混乱的剧组也总有杀青的一天，于是分道扬镳，各归各位。好在有了微信，时不时地发个评论点个赞，刷刷存在感，没想到存在感没刷成，竟刷出了一场说走就走的旅行。

那是个悠闲的夜晚，我和几个朋友凑起一桌麻将打得正欢，听牌之余发了个朋友圈，很快便收到了一条评论，正是来自孟瑞：我们想去济州岛度个假，要一起吗？刚准备好好考虑考虑，结果摸起个二万，和！清一色自摸！赢钱的爽感冲爆大脑，哪还有余地细想，直接回了个好。那一刻，手机那头的孟瑞估计是蒙的：我随便一问她就随便一应了？

回到家的我大脑更是一片空白，这就要出国了？据说攻略都做完了，酒店机票也订了，再推托是不是会被拉黑？看着手里奋战一晚赢来的八十块人民币，思来想去，我大狮子没什么也不能没面子，于是，两个骑虎难下的人，在大表弟的带队下，开始了一场稀里糊涂的异国之旅。

作为一个典型的强迫症晚期，凡事必须有详细的计划、足够的心理准备，像这样不按常理出牌在我还是头一回。可事实证明，越冲动越难忘。如果没有这场邀约，我永远不会知道原来所谓冒险，并非幻想；原来身边竟有一人，和我这般相像。感谢孟瑞，感谢二万。

到了济州岛，再也没有了编剧和演员，只有两个第一次出国，看啥啥不懂，看啥啥新鲜的山炮。跟人沟通全靠比画；进了专卖店挑了半天包，结账时发现少看了一个零，同时摆出一张嫌弃脸，互相挑了半天刺儿，扔包走人，全靠演技挽回颜面；兴冲冲前往当地最有名的沙滩，在空无一人的蓝色大海里臭美了整整一下午，直到最后上了大巴，往东开出了三百米，才发现传说中的圣地在隔壁，人满为患；一进商城就走散，总计两次走失，差点儿回不了国，从此老老实实快步紧跟，腿短的人果然是没资格瞎逛的。

虽然漏洞百出，糗事连连，但因为和温暖且快乐的人同行，到哪儿都觉得安全。历经这一次，我们不再是朋友，而是彼此依靠并深信不疑的战友。一有时间就聚在一起，没时间就连个视频，看着对方蓬头垢面的怂样互相取笑。我们聊人生，聊梦想，聊艺术里的人心为什么会荒凉。有时候也聊些没用的废话，或者索性不说话，再沉默都不觉得尴尬。

靠近一个人只需一眼，读懂一颗心却不止十年。

十年后的今天，我依然是个小编剧，而你已不再是小演员，你是万千仙女们深爱的少爷，是德艺双馨的老干部，如今更是才华横溢的作家。你说你要更努力，成为他们的骄傲。我说不必太有压力，只要做好自己，因为你喜欢的自己才是他们最爱的模样。当粉丝第一次为你唱起《陪你度过漫长岁月》，你眼眶泛红的那一刻，屏幕外的我们，这些陪你疯、陪你等、陪你坚持的朋友们也在陪你落泪，终于，漫长岁月的陪伴不再只有我们。

絮叨了这么久。我们总在回忆，断断续续说些片段，难得有机会能好好记录，就像那些埋头前行的人，难免忘了生活曾给予的细小感动。谢谢这本书，让我们找回感动，找回初心该有的模样。谢谢你的坚持，让我们看到这么多美好的故事。那么多人来来去去，相爱或离散，重逢或遗忘，留下的全是温暖，正如你一般，一直都在。

你说还是有些遗憾，其实你可以写得更好。我说有遗憾才会有期待，"我只想一个人住在你心里"，希望你不只住在我们的心里，更在我们的未来里。

————胡梦（编剧）

常常听到人们说青春如水过无痕，但是我并不这么想。就像你书里写到的一样，这些画面我们都清晰地记得，记得那些年一起放肆放纵又难免失意的时候。

记忆中一张张笑脸似乎渐行渐远，那些现在想起来似乎微不足道的挫折也恍如隔世。世事无常，千变万化，唯一不变的是你们的陪伴。书中的故事是你们陪我走过的路，并在我身边驻扎的日子。虽然我们同为一个星座，却拥有着截然不同的性格。在这纷繁杂乱的社会生活里，站在错综复杂的十字路口，你每次都会站在最客观的角度来分析问题并解决它。在朋友颓然失意、垂头丧气的时候又能适时给我们加油打气，并且不断地鼓励我们为目标前进努力。

人们总说城市越大，就越容易感到孤独。在这偌大的北京城还好有这么一群朋友陪在身边，就像我最近看的韩剧一样真是幸运。我希望我们老了以后还可以像现在一样坐在一起回忆当年的青春：说走就走的旅行，在异国他乡微醺地逛街，逛到忘情时跟小伙伴儿们走散。这些都是我们不可逆流的青春时光。

如果不是因为这本书，我可能不会回想起那些事情。很多我们以为一辈子都不会忘记的事情，就在我们念念不忘的日子里慢慢地被我们遗忘了。希望大家可以通过这本书回想起属于每个人的青春，不管明媚，抑或忧伤。可能因为走得太匆忙，还没来得及体会的话，这是个很好的机会让我们一起回忆它的美好。

——邓皓文（著名时尚造型师）

接到孟少爷的邀请，我简直受宠若惊啊，我写不写啥又何妨，谁能拒绝这气势恢宏、挥毫洒墨的孟少爷的第一本力作呢？

认识孟少爷时他还是花季雨季的大男孩，那时容貌和现在没什么差异。一路走到现在，他成长背后的辛酸足以看到，却无法感同身受。经过时间的打磨和环境的雕琢，他的坚持证明了一切。演戏，唱歌，写书，他追逐着他的梦。看了书中的几篇文章，无论是故事还是经历都让我动容。作为多年老友，我全心为他高兴，更多的是为他骄傲。

我眼中的孟瑞，耀眼无疑，因为他是明星；我身边的孟瑞，真实无奇，因为他是朋友。我并不想说我见证了一个人的成长，只是这个人的成长过程中我恰巧也在。我们一起在夜里促膝长谈，把酒撸串，人生和梦想在竹签子上唰唰地冒火星子；我们一起不修边幅，走在去健身房的路上，咒骂着保持身材的辛苦；我看着他在粉丝面前永远淡淡地微笑，却因粉丝的告白秒哭得像个孩子；我看着他穿着华服走上红毯，却在微博里朋友般地和粉丝互动；我看着他那一米八的长腿，呃……此处省略一万字（盛世容颜，这么长的腿，我亲爱的上帝啊，公平吗），但这是真实的他。

我知道写一本书是他的一个梦想，他让我见识了这个有颜有腿、演技爆棚的演员其实也是个作家，还画了很多画。我作为朋友，亦是头号粉丝，期待他的这本书真实地放在我眼前，让了解和不了解他的人完全感受到这位男子的故事。

—— 田田（时尚买手）

读完你的一篇故事，眼眶红了，眼泪忍了忍还是唰的一下流出来了。我不知道看故事的人会不会读到自己的青春，我愿你们都能在书里找到回家的路……

亲爱的你要记住，那种被选择，被人肆意当作笑话来说的每一个画面，那些人的笑脸，都定格在你的青春里。我知道，那一切造就了这么棒的你，成就了更好的你。

亲爱的你要记住，北京地铁里的拥挤；你要记住那间合租屋里你曾流过的泪、发过的誓和挨过的等待。当然，还有我们仨之间毫无保留的小秘密。那张生动的笑脸很多年后怕是难再寻觅了，那是记忆中你最可爱的样子。你要记住那时兜永远比脸干净的快乐和靠着彼此取暖的温度。那份记忆是我永远的避风港。

我爱你骨子里的那股劲儿，你要争却又不屑于争。你总是清楚地知道你要变得比任何人更好，才有发声的必要。所以你总是沉默，你总是站得远远的，静静地看着。

那些经历是你不必撕去的标签，它透着你这些年略带自卑的自信。

愿每个有过青春的读者都在故事里踏着来时的路，和当年的自己隔空相忘吧！如果没有，你的青春是残缺遗憾的，就在这里找回吧！

痛感使你变得深刻，敏感使你更丰富。

那种被敏感神经撕裂的痛戳到你心尖的血，"砰"的一下流出记忆。我知道你善于将痛苦深埋内心，你的强大给自己铸起了一座孤岛，你是幸运的……

　　最后的最后，回首这十年的北京……

　　我依然记得迷路的你蜷缩在马路边，对身边的人说："哎！这么大的北京，我们该去哪儿啊？"我想替你谢谢这座城市的包容，亲爱的你没有迷路。看完这本书我很想对你说："我亲爱的朋友，你终于找到回家的路了，我为你开心。"

——张婉婷（资深经纪人）

图书在版编目（CIP）数据

我只想一个人住在你心里 / 孟瑞著 .
-- 北京：北京联合出版公司，2017.1
ISBN 978-7-5502-9517-9

Ⅰ . ①我… Ⅱ . ①孟… Ⅲ . ①故事—作品集—中国—
当代 Ⅳ . ① I247.81

中国版本图书馆 CIP 数据核字 (2016) 第 313581 号

我只想一个人住在你心里

项目策划	紫图图书 ZITO®
监　　制	黄利　万夏
丛书主编	郎世溟

作　者	孟　瑞
插　画	孟　瑞
摄　影	小湮婉姝　王　萌　isinthexx
责任编辑	刘　恒　徐秀琴
特约编辑	申蕾蕾　袁旭娇
装帧设计	紫图图书 ZITO®

北京联合出版公司出版
（北京市西城区德外大街 83 号楼 9 层　100088）
北京瑞禾彩色印刷有限公司印刷　新华书店经销
130 千字　880 毫米 ×1270 毫米　1/32　8 印张
2017 年 1 月第 1 版　2017 年 1 月第 1 次印刷
ISBN 978-7-5502-9517-9
定价：45.00 元